KB022654

기절
했다
깬 것
같다

기절했다 깬 것 같다

경남여고 1학년 학생들이 쓴 시

구자행 엮음

Humanist

머리말

시가 아이들의 숨구멍이다

해마다 고등학교 아이들과 시 쓰기 공부를 한다. 바람에 물결이 일듯, 나뭇잎이 살랑이듯 한순간 일렁이는 마음결을 붙잡아 담아내는 것이 시다. 그냥 흘려보내고 나면 묻혀 버리고 말 일이지만 시로 써서 붙잡아 두면 두고두고 꺼내 볼 수 있어 좋다. 시 쓰기는 참 좋은 공부구나 싶다. 아이들 마음밭에 느낌이 넉넉해지고, 생각이 깊어지고, 더 나아가 뜻을 올바르게 지니게 해 주기 때문이다. 정직하게 제 삶을 담아서 시를 쓰다 보면 바른 마음이 자라게 되고 우리 삶이 바로 서게 될 것이라 믿는다.

내가 아이들과 하는 시 쓰기는 '정직하게 쓰기'이다. 시를 쓰는 사람이 목수면 목수의 삶이 담겨야 하고, 농사꾼이면 농사꾼의 삶이 담겨야 한다. 시를 쓰는 사람이 아이들이면 마땅히 아이들 삶을 정직하게 담아 써야 한다. 제 삶이 아닌 다른 대상을 보고 쓸 때도 마찬가지다. 자연을 보고 느낀 감각을 붙잡아 쓰거나, 이웃의 삶이나 세상일을 보고 쓸 때에도, 그 대상을 보고 느낀 정직한 마음을 담아야 한다.

그런데 아이들은 시를 그렇게 쓰지 않는다. 한 해에 한두 번 학교 행사로 치르는 백일장에서 쓴 시, 문예반 아이들이 교지에 싣는 시, 대학 문예창작과를 가려고 글쓰기 과외를 받는 아이들의 시는 '정직하게 쓰기'하고는 거리가 아주 멀다.

시를 좀 쓴다는 아이들일수록 전문 시인들을 흉내 내기에 골몰한다. 이른바 '필사'와 '이미지 훈련'이다. 필사란 베껴 쓰기인데, 전문 시인들 시 한 편을 베껴 쓰면서 절반은 다른 말로 걸러서 옮기는 방법이다. 하루에 서너 편씩 옮긴다고 한다. 그렇게 베껴 쓴 시가 공책 몇 권씩 되도록 훈련을 한다. 그리고 이미지 훈련이란 말 비틀기 연습이다. '자동차가 도로를 깎는다.' '벗겨진 톱밥들이 나뭇잎으로 떨어진다.' '말 못할 아픔을 되새김질한다.' '차가운 정적을 달리는 시곗바늘' '잔뜩 무거워진 하루' 이런 짧은 문장을 미리 연습해 두었다가 길게 이으면 시가 된다는 것이다. 그렇게 해서 제목 하나를 던져 주면 열 줄이고 스무 줄이고 행과 연을 마음대로 늘여 가며 쓰게 된다. 다음은 이렇게 해서 나온 시다.

아버지는 오늘도 검은 새벽을 오른다. / 등 뒤에 짊어진 집안을 위해서 / 아버지의 녹슨 몸에는 어김없이 / 올가미 같은 넥타이

가 둘러진다. (〈달팽이〉 부분, 고등학교 3학년)

이런 글이야말로 전문 시인들을 흉내 내게 하는 글쓰기 훈련에서 나온 글이다. 머리로 지어 낸 글이다. 백일장에서 상을 타면 대학 들어가는 데 점수가 된다고 하니, 학원 같은 데서 이렇게 지도한다고 들었다. 지난해 수상 작품을 살펴보고, 심사위원들의 경향을 분석해서, 그 백일장 입맛에 맞는 시를 미리 훈련해 둔다는 것이다. 겉으로는 그럴듯해 보이지만 가슴을 울리는 감동은 없다.

아이들 시에는 아이들의 현실이 담겨 있어야 한다. 이 시집에 실린 아이들 시를 읽어 보면 아이들이 어떻게 살고 있는지 그 현실이 숨김없이 다 드러나 있다. 우리 아이들은 제 삶이 없다. 어른들에게 사육당하고 있다. 어른들이 '학력 신장'을 외치면서 아이들을 끝없는 경쟁 속으로 몰아넣지만, 거기에는 성공하는 소수의 무리에 끼지 못하는 훨씬 많은 실패자가 반드시 나오게 마련이다. 학교 어디에도 그들이 마음 붙일 곳은 없다. 아이들 삶을 어른들이 이토록 마음대로 빼앗고 짓밟아도 괜찮은 것인가. 정말 우리 어른들이 이렇게 잔인한 폭력을 휘두르고도 아이들이 바르게 자라기를 바랄까. 이 시집에 토해 놓은 아이들의 절규를 단지 나약한 변명 정도로 듣지 말았으면 좋겠다.

답답한 현실이지만 시가 아이들의 숨구멍이라 생각한다. 선생님이나 부모님 앞이라 대놓고 말 못 했지만 속으로 삼켰던 말, 길 가다가 혼자서 내뱉은 말, 이런 불평들을 감추거나 꾸미지 않고 거침없이 당당하게 말해 놓았다. 시를 쓰면서 잠시 한순간이나마 스스로를 관찰할 수 있다. 진정한 마음으로 제 사는 모습과 제 둘레를 살피게 된다. 힘겹게 살아가는 이웃에게 따뜻한 관심을 가지게 된다.

이 시집을 읽고 우리나라 고등학생이면, 또 고등학교를 한국에서 다닌 사람이라면 누구나 '정말 그래!' 하면서 공감하지 싶다. 점수와 등수에 멍든 아이들 가슴에 이 시집이 조금이나마 위로가 되었으면 좋겠다. '시가 이런 거였어.' '나도 시 쓸 수 있겠네.' '그래, 이건 내가 딱 하고 싶었던 말이야.' 이런 말들이 아이들 사이에서 피어났으면 좋겠다. 여기 시를 쓴 아이들처럼 시를 쓰면서 살았으면 좋겠다.

2012년 3월

엮은이 구자행

차례

1부 나도 별일이 좀 있었으면 좋겠다

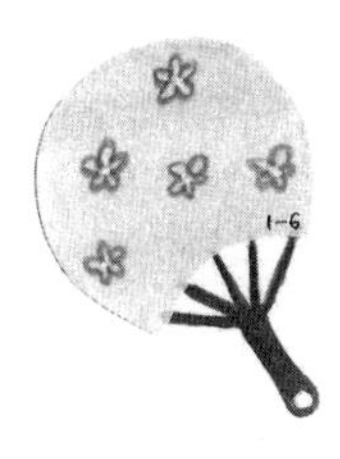

수학

2부 다 알면서도 껌을 산다

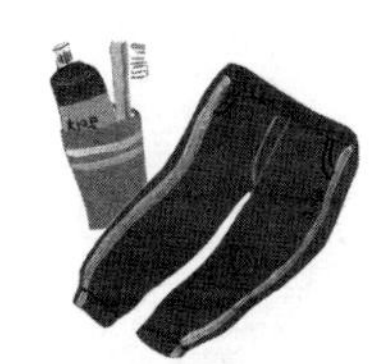

1부

나도 별일이 좀 있었으면 좋겠다

학교 오는 길

박현나

비몽사몽 일어나
씻고 옷을 입는다.
이젠 눈 감고도 버스 정류장까지
갈 수 있는 경지에 올랐다.

버스를 타고 자리에 앉아
행여나 깊게 잠이 들어 정류장을 지나칠까
눈을 부릅뜨지만
내려오는 눈꺼풀을 막을 길은 없다.

이런 젠장!
눈 한 번 감았을 뿐인데
그저 눈 한 번 깜빡했을 뿐인데
내려야 한다.

날마다 나는 모험을 하며
학교로 온다.

_2010년 6월 9일

떡진 머리

김솜이

AM 7:05
"다녀오겠습니다."
"뭐라도 먹고 가."
"늦었어!"
다행히 아직 봉고는 있다.
자리에 기대어 앉아 있는데
자꾸 떡진 머리로 손이 간다.
위에서 내려오는 역한 냄새
벌써부터 괴로울 오늘 하루가
걱정된다.

_2010년 5월 24일

버스

이민주

버스를 안 놓치려고 열심히 뛰면
내 눈앞에서 출발한다.
기다렸다 타려고 일찍 나오면
버스가 안 온다.
운 좋게 타이밍이 딱 맞아 버스에 타면
차가 막힌다.
돌겠네 정말!

_2010년 6월 3일

봉고

조연경

이른 아침 학교로 가는 봉고
그 속에는 모두 똑같은 모습을 하고 있는
아이들이 앉아 있다.

얼굴을 머리카락으로 가린 채
고개를 숙이고
아무 표정이 없는 채로
나를 쳐다본다.

그 분위기에
나도 그냥 창문에 머리를 박고
그 아이들과 똑같은 모습을 한다.

하지만 해가 지고 이 자리에 앉을 때는
전혀 다른 모습으로 재잘거리겠지.

해가 져야 살아나는 아이들

_2010년 5월 26일

샛길

김민지

월요일 이른 아침
학교 갈 준비를 마쳤다.
버스에서 내리면
언제나 같은 직선 도로로
등교를 한다.
등교하는 길에는
중간 중간 샛길이 나 있다.
언젠가 한번은 아무 생각 없이
그 길로 빠져나가고 싶다.

_2010년 5월 31일

교복

최은영

아침 교문 앞
어떤 아이들은 찻길에서 치마를 갈아입는다.
갈아입은 긴 치마로 교문 통과
교문을 지나 현관 앞에 가면
출석 체크 기계에 학생증을 찍는다.
옆에는 학생부장 선생님이 서 계신다.
"너 이리 와 봐. 니 치마가 규정에 맞다고 생각하니?"
"키가 커서 맞는 치마가 없어요."
"우리 학교 규정은 치마가 무릎을 덮어야 한다."
하면서 5만 원이나 하는 치마를 또 사라고 한다.
꼭 치마가 짧고
머리가 길고
양말 색이 다르다고
불량스러운 건 아닐 텐데.

_2010년 6월 3일

선생님

전은주

교문을 지나가고 있었다.
한 선생님이 치마를 잡는다.
그러자 담임 선생님이 말한다.
"가만 놔두세요. 혼낸다고 지 자퇴할 거라는 아인데."
아이구야 앞뒤 상황 쏙 빼먹고 말하는 거 좀 보소.
그럼 다른 선생님들도 모여서 한마디씩 하겠지.
그럼 또 신나서 술술 대답해 주겠지.
훌륭한 척 고상한 척 하면서
교무실에 모여 앉아 아이들 뒷담이나 하고 있다니.

_2010년 5월 24일

가방

윤다인

내 가방은 가벼워지지 않는다.
날이 갈수록 무거워지기만 한다.
점점 무거워져 내 몸마저 휘게 한다.
학교 계단을 올라올 때면
그 무게가
내 인생의 무게인 것같이 느껴진다.

_2010년 6월 9일

수학

배정란

수학책을 펴자마자 보이는
여러 개의 미지수들
한 장 한 장 넘길 때마다 보이는
함수 그래프
이런 것들이 살아가는 데
정말 필요할까?

_2010년 5월 27일

문득

이희수

수학 선생님이 칠판에 적으면서 수업을 하신다.
나는 애써 필기를 하려고 손을 바삐 움직인다.
문득 이런 생각이 든다.
이대로 옆에 있는 책가방을 들고
자리를 박차고 나가 볼까?

_2010년 6월 7일

수학 문제

정다솜

수학 문제를 푸는데
연필은 멈춰 있고 머리는 복잡하다.
더 써 내려가지지가 않는다.
답답해서 뒤에 답지를 봤다.
풀이를 한참 들여다봐도
내 풀이는 그 자리 그대로다.
한숨이 나오고 열이 올라온다.
문제도 나도 수학도 아닌
공부 그 자체에 화가 난다.

_2010년 5월 31일

국사 시간

정주현

국사 시간 너무 잠이 온다.
잠 와 죽겠는데
그렇다고 수업을 안 들을 수도 없고
결국 자는 걸 포기하고
억지로 필기는 다 했다.
책은 빽빽한데 내 머릿속은 깨끗하다.

_2010년 6월 3일

만유인력

최우원

아아, 만유인력
선생님이 말씀하신다.
만유인력, 서로 다른 물체에 작용하는 인력

깔끔한 포만감
어젯밤 OCN의 '이태원 살인 사건'
따뜻한 햇살 지루한 수업
만유인력, 나의 머리와 책상 사이에 작용하는 인력

두 물체 사이의 거리에 비례하는 걸까?
아니면 전날 밤 수면 시간에 반비례하는 걸까?
선생님에게 질문하고 싶지만
지금은 너무나도 졸립다.

_2010년 5월 24일

최악의 체육 시간

양정윤

즐겁게 강당으로 향하였다.
그런데 오늘 줄넘기 시험 친다는 그 한마디에
귀찮아서 줄넘기를 뒤늦게 가져왔다.
이게 뭐야 줄이 짧잖아.

늘이고 늘인 줄넘기
드디어 내 차례구나.
열심히 뛰고 또 뛰다 그만 줄이 끊어졌다.
그 순간 너무 화가 나 그만
아! ☆발 ★같다.
나도 모르게 그 말이 나와 버렸다.

선생님이 와 보라는 신호
손이 먼저 머리 위로 올라온다.
"그게 무슨 선생님 앞에서 할 소리야 새끼야."
선생님은 이 새끼 저 새끼 욕이란 욕 다 하면서
왜 나한테만 난리야.

_2010년 5월 31일

제2의 눈꺼풀

강소은

나에겐 제2의 눈꺼풀이 있다.
너무나도 무거워
잠시라도 뜨고 있기가 힘든
그런 눈꺼풀이 있다.

제2의 눈꺼풀로 바라보는 세상은
언제나 어둡고 흐릿하기만 하다.
아무리 재미있는 걸 봐도
아무리 즐거운 걸 봐도
아무런 감정도 느끼지 못하게 한다.

시간이 금이라는 선생님 말씀
어느 대학 갈 거냐는 친구의 물음
성적이 왜 이러냐는 어머니 말씀
그 하나하나가
제2의 눈꺼풀이 되어
내 눈을 무겁게 짓누른다.

_2010년 6월 3일

동물원

이지원

수학 시간인가?
영어 시간인가?
나는 언제쯤 이 시간을 구별할 수 있을까.

책상에 엎드려 창밖을 본다.
창밖의 수많은 사람들이 따닥따닥 붙어서
나를 구경한다.
동물원 원숭이 보듯이

동물원의 원숭이로
나는 다시 태어났다.
우리 밖의 수많은 사람들이
나에게 재롱을 피우라고 한다.
나는 멀뚱히 서 있다.
조련사가 나에게 재롱을 가르친다.
나는 또다시 태어난다.
재롱 피우는 동물원의 원숭이로

_2010년 5월 26일

공부

김려원

공부하기 싫은데
왜 자꾸 공부하라고 난린지
공부 잘한다고 다 잘사는 것도 아닌데
이런 생각 하면서도 공부하는 내가 바보 같다.

_2010년 6월 3일

두려움

이희수

어? 어?

또다. 또 내 의식을 놓쳐 버렸다.

주인 허락도 안 받고

눈앞에 깜깜한 커튼이 드리워진다.

귀는 학교에서 수업 중인데

눈은 집에서 숙면 중이다.

내 몸무게보다도 더 무겁게 느껴지는 눈꺼풀을

억지로 억지로 들어 올리려 애를 쓴다.

아! 더럽게 힘들다.

나는 고등학생이 되고 나서

공부의 무게보다 눈꺼풀의 무게가

더 두렵다.

_2010년 5월 24일

로봇

최민주

우리는
네모난 교실에서
딱딱한 의자에 앉아
연필을 쥐고 있는 로봇이다.
고개를 돌리면
필기하는 로봇
꾸벅꾸벅 조는 로봇
시계 보는 로봇이
서로 눈치 보는 것이 보인다.

_2010년 5월 31일

부러운 분필

문윤경

공부하다 앞을 보니
조그마한 아이들이
누워 있다.
온몸이 뜨거운 아이
온몸이 차가운 아이
온몸이 따듯해 보이는 아이
그리고 누워 있다가
선생님에게 자주 잡히는 아이
아, 나도 저기 따뜻해 보이는 아이처럼
조금이라도 정말 조금이라도
누워 있고 싶다.

_2010년 5월 24일

시

장윤정

언어 영역에서 시는
매번 같은 방식으로 분석된다.
시는 분석할 수 없다.
시는 시로 충분하다.

_2010년 5월 31일

시험

이다경

이제 중간고사가 끝났다고
한숨 돌렸는데
눈 뜨면 단어 시험
눈 뜨면 모의고사
또 코앞에 기말고사
장님이 되고 싶다.

_2010년 6월 9일

삼 년

이옥진

삼 년만
삼 년만 참으면 된다고 하지만
삼 년이란 너무나 길다.

_2010년 5월 27일

이름 외우기

주유나

"니 이름이 뭐고?"
맨날 이러는 선생님들
알면서도 모르는 척하는
선생님들의 시크함일까.
아, 물론 특정 아이들은 외우겠지만
하루에 한 번 이상 묻는
이런 선생님들이 밉다.
1등만 외우는 더러운 이 세상!

_2010년 6월 9일

선생님

강연주

"선생님 속이 안 좋아서 그런데,
조퇴 좀 시켜 주면 안 돼요?"
"어디가 아픈데?"
"속이 좀 안 좋아서요."
"음, 좀 참아 봐."
짜증이 나서 교실로 갔다.
야자 시간에 애들이
선생님이 아파서 가셨단다.
왜 나는 아파도 참아야 되는 걸까.

_2010년 6월 3일

복장 검사

김아름

요번 주 토요일에 복장 검사를 한단다.
머리, 치마, 손톱, ……
지겹다.
아침마다 학교 현관 앞에서 잡으면서
만족을 못 하나 보다.
또 얼마나 많은 학생들이
복장 불량으로 시달릴까.

_2010년 6월 3일

오해

이지선

수업 시간에 짝지가 말을 걸길래 대답했다.
지적을 받았다.
그 뒤로 입도 뻥긋 안 하고 있는데
선생님이 우리 자리로 와서
왜 떠드냐고 하신다.
'어? 안 떠들었는데.' 하는 표정으로 우린 서로 봤다.
"머라카는데 아직도 떠드나?"
하면서 수업을 하시길래 우린 가만히 있었다.
열심히 듣고 있는데 또 선생님이 오셨다.
"또 떠드나?"
대들기 싫어서 가만히 있었다.

_2010년 5월 27일

어쩌라고

이승은

어른들과 얘기할 때 눈 보고 얘기하기
자신의 의견 분명히 밝히기
하지만 이런 건 학교에선 아무 소용 없다.
눈 보고 얘기하라길래 눈 보고 얘기하면
뭐가 떳떳하냐고 머라칸다.
선생님 말이 사실이 아니라서
내 의견을 말하면
교사 지도 불응을 들먹이며 -5점을 준다.
도대체 우리는 어떻게 하란 말인가.

_2010년 5월 31일

고기

임혜진

우리는 고기다.
우리에게는 도장이 찍힌다.

1등급은 비싸게
9등급은 싸게 팔린다.

나는
팔리고 싶지 않다.

_2010년 5월 27일

거짓말

임혜진

모두가 일등을 할 수는 없지만
모두가 성공하는 학교!

거짓말
겉만 번지르르한 거짓말
어떻게든
많은 애들을 하늘(SKY)에 띄워 보내려는 학교
하늘에 몇 명 띄워 보낸 학교라는
타이틀, 명예, 욕심
그게 전부인 학교

_2010년 5월 27일

스펙

한유정

토익, 토플, 학력, 자격증…….
대학에 배우러 가는데
왜 벌써 다 배운 사람만 뽑아 가는지.

_2010년 5월 31일

매실

정다솜

푸른 나무에
보일 듯 말 듯 매달려 있다.
어쩌다가
툭 하고 떨어지면
데구르르르

그 매실이
여기저기서 상처 받아 좌절하는
우리들 같다.
툭! 데구르르

_2010년 5월 31일

물고기

이현영

저녁 시간이 끝나 갈 즈음
작은 연못가로 나가
연못 안 작은 물고기를 본다.
씨익 웃으며 말했다.
넌 절대 연못을 벗어나지 못해.
나처럼 말이야.

_2010년 5월 27일

창밖

김지안

맑다.

푸르다.

내 마음과 같았으면

좋겠다.

_2010년 6월 3일

네모난 나의 집

장한지

나른한 햇살이 비춰 오기 시작하는데
허둥지둥 정신없이 가방 하나 짊어지고서
네모난 나의 집으로 쫓기듯 달려간다.

똑딱이는 시곗바늘은 또 얼마나 느린지
답답함에 고개 들어 창밖 한번 쳐다보니
새하얀 구름이 이리저리 떠다닌다.
자유롭게 바람 따라 이리저리 떠다닌다.

나는 여기에 앉아
나의 집이 우암동 한 아파트인지
이곳인지 도무지 헷갈려
망부석마냥 이 자리에 박혀서
흘러가는 초침 보며 시간을 세는데
어느덧 자유롭던 구름은 간 데 없고
온통 주위가 어두워졌다.

까만 창밖을 내다보며
또다시 반복될 내일을 생각하니

온통 어두운 창밖 풍경처럼
가슴이 까맣게 답답해져 온다.

_2010년 5월 24일

선배 바다

김언주

학교는 피곤하다.
안전한 곳은 5층
가장 위험한 곳은 도서실
혹시라도 위험과 만나면
고개는 90도
학교는 온통 선배 바다
하루하루가 피곤하다.

_2010년 6월 9일

여자애들과 있을 때는

서지민

너무 튀지는 않되
너무 얌전한 샌님은 되지 않기

기분 나쁜 말 들어도
티는 내지 않고 최대한 돌려 갚아 주기

다른 친구 흉보고 싶을 땐
입 무거운 앤지 살피고 털어놓기

어젯밤 TV에 나왔던 자기들이 좋아하는 연예인 얘기
뭐가 그렇게 미운지는 모르겠지만
욕은 꼭 붙이는 선생님 얘기
듣기 싫어도 맞장구쳐 주기

언제나 빠르게 눈알 굴리고 입을 재잘대며
우르르 모여 있는 아이들을 보면서 드는 갑갑한 규칙

_2010년 6월 3일

현실

한윤지

"미안."
"아.. 괜찮다."
"이거 좀 해 줘."
"아.. 응."

모든 말에 수긍하고
모든 행동에 웃어 주고
잘못해도 괜찮다고
그 애들을 좋아하지도 않는데
사랑하지도 않는데
아무 말 하지 못하고
그 애들에게
맞춰 갈 뿐이다.

_2010년 5월 27일

칠판

손유선

7교시 종이 치고 청소 시간
오늘도 어김없이 칠판을 닦기 시작했다.
너무 더러워 세게 닦았다.
청소하는데 선생님이 옆에서 무엇을 적으신다.
그러더니 나한테 화를 낸다.
"지금 적고 있는데 칠판 올리면 어떡하노!"
사실 내가 올린 게 아니라
세게 닦다 보니 올라간 것인데.
그럼 선생님은
청소하고 있는데 꼭 지금 적어야 될까?

_2010년 5월 31일

청소

이지현

7교시 종이 쳤다.
잠 오는 몸을 이끌고
또 어김없이 5층에서 1층까지 계단을 내려가
여교사 휴게실에 들어간다.
가자마자 이불을 개지 않고
몸을 먼저 넣었다.
1분이 지났을까
담당 선생님이 오셨다.
"너희들 왜 또 청소 안 하니?"
날마다 청소하는데
하필 우리가 청소하지 않는 날만
잘도 골라 온다.

_2010년 6월 3일

열일곱 살 선생님

김정은

청소 시간
학년실로 청소하러 간다.
자기 교실 아이들 앞에선
그렇게나 꼼꼼하시면서
학년실에선 왜
쓰레기 분리를 안 하시는지
"쓰레기 분리 좀 해 주세요."
몇 번을 부탁드려 봐도
듣지를 않으신다.
청소 시간 학년실에선
내가 선생님이 된다.

_2010년 6월 9일

무의미한 시간들

문윤경

8교시 쉬는 시간
책을 들고 필통을 챙겨
이동 보충수업 들으러 1학년 1반 교실로 간다.
선생님을 피하려고 맨 뒷자리를 차지했다.

수업 종이 치고 선생님이 들어오신다.
책을 펴고 연필을 잡고 수업을 듣다가
나도 모르게 창밖을 멍하니 내다보고 있다.

창밖에, 건물 사이에 끼어 있는
작은 바다가 보인다.
바다 위엔 배 한 척이 지나가고 있다.

내가 느끼지도 못하는 사이에
이렇게 나의 아까운 시간들도
지나가고 있구나.

_2010년 5월 31일

꿈의 학교

이지원

난 꿈의 학교를 다닌다.
등교를 할 때도
수업을 들을 때도
꿈을 꾼다.
그러다 집으로 갈 때쯤
꿈이 깬다.

_2010년 6월 9일

도서관

정다완

아침 일곱 시에 발을 들여
의자에 앉은 지 몇 시간
문득 고개를 들어 열람실을 둘러보니
아이들 얼굴이 책상과 붙어 있다.
나도 곧 저렇게 되겠지.

_2010년 5월 24일

나

김소림

일곱 시에 시작하는 야간 자율 학습
10분 뒤에 일어나려고 잠깐 졸았는데
깨어나 보니 종소리도 못 듣고 계속 잤는지
아홉 시가 되기 15분 전이다.
나는 할 일이 없어
일어나서도 그저 창밖만 쳐다보고 있는데
애들은 공부만 하고 있다.
그냥 이유 없이 내가 불쌍하다.

_2010년 5월 27일

야강 학습

김나리

야자 시작 종소리
그 소리에 떠들고 놀던 아이들이
자리로 돌아간다.
학년실에서 감독 선생님이 나오고
다들 오늘 감독 쌤이 누군지 눈치를 본다.
어떤 쌤이 보이면 환호성, 어떤 쌤은 욕을 한다.
친구에게 물어보려고 일어났다.
앉으란다.
화장실 가려고 일어났다.
앉으란다.
이제 5분 남아서 가방을 싼다.
가방 다시 걸린다.
자율 학습인데 왜 감독 선생님이 있고
빠지지도 못하고 화장실도 못 가는 걸까.
이름을 야강 학습이라 해야 맞다.
야 간 강 제 학 습

_2010년 6월 9일

야자 시간

홍지연

시작하는 종이 울리면
선생님들이 나무 막대기를 가지고 다니면서
"빨리 안 들어가나!" 소리친다.
나는 천천히 자리에 앉아 엠피쓰리를 켠다.
밖이 점점 어두워지고 있다.
하나둘 아이들이 책상에 머리를 박는다.
나도 서서히 아이들을 따라간다.

_2010년 6월 9일

처절한 내 하루

황수진

학교 수업이 끝나면
야자를 한다.
야자가 끝나면
봉고를 타고 학원에 간다.
그렇게 하루의 절반이 넘는 시간을
공부에 찌달리며 산다.

끝나고 집에 와 씻고
조금이나마 텔레비전을 보며 여유를 즐기고
잠을 잔다.

그리고 또다시 반복할 것이다.
처절한 내 하루

_2010년 11월 22일

뒤바뀐 학교와 집

김보경

하루 24시간
오늘도 나는
일곱 시에 일어나 20분 만에
준비를 마치고 봉고에 오른다.

앞으로 열세 시간 동안
의자에 묶여 있을 내 모습
아침부터 기분이 더럽다.

집에 오는 시간까지 더해
열다섯 시간을 학교를 위해 쓴다.

남은 아홉 시간 가운데
식구를 눈 뜨고 보는 시간
겨우 한두 시간밖에 되지 않는다.

_2010년 6월 9일

야자

이정민

오늘도 야자를 한다.
공부하라고 하니까
청개구리가 되고 싶어진다.
예전처럼 파란 하늘 보면서
집에 가고 싶다.
아! 그립고 그립고 그립다.

_2010년 5월 27일

조퇴

조수연

7교시가 마치고 가방을 챙겼다.
아파서 조퇴를 하려는 것인데
친구들은 아픈 것도 부러운 것 같다.
혼자서 교문을 나서는데 기쁘다.

_2010년 5월 24일

탈출

하민지

아침부터 머리가 아프다.
배도 아프다.
학교 수업만 끝내고
몰래 기어 나와
버스 정류소로 달렸다.
헉헉거리는 숨을 가다듬고 보니
아픔은 학교에 두고 와 버렸다.

_2010년 11월 22일

낙

김효정

같은 시간에 일어나
같은 시간에 수업을 하고
같은 시간에 학원에 간다.
가끔씩 조퇴하는 게
내 유일한 낙이다.

_2010년 6월 9일

그 때

신혜원

지나가는 어른들은 우릴 보고 말하신다.
저 때가 참 좋을 때지.
지나가는 중학생을 보며 우리는 말한다.
저 때가 참 좋을 때지.

_2010년 6월 3일

남매

김조향

화창한 토요일 오후 하굣길
하늘이 맑아서 기분 좋은 날
헉헉대며 오르막길을 오르다가
얼마나 남았나 올려다보는데
사이좋은 꼬마 남매가
고사리 같은 손을 맞잡고 내려온다.
노란 유치원복을 입은 여동생과
제법 늠름해 보이는 오빠
나는 거꾸로 올라가면서
뒷모습을 끝까지 지켜보았다.
나도 저런 때가 있었을까.

_2010년 11월 15일

집에 가기 싫은 날

손혜민

오늘 받은 성적표
양심의 가책을 느끼게 하는
집으로 들어가기 싫게 만드는…….

집으로 가는 길
왠지 거리가 가깝게 느껴지고
방에는 어두운 표정을 한 아버지
표정이 어두워 말도 무섭다.
들을수록 서럽게 느껴진다.
말이 마음에 닿아
양심이 찔리게 만든다.

울며 들어와 멍을 때린다.
슬며시 따라 들어와
따스한 팔을 건네고
나의 마음은 더욱 찔린다.

지나간 시간을 되돌리고 싶은 날
그렇지만 절대로 돌릴 수 없는 날

오늘도 난 후회를 하면서
후회할 시간을 보내고 있다.

_2010년 5월 24일

달

류인혜

집으로 돌아갈 때 달을 본다.
어제 오른손에 있던 달이
오늘은 내 머리 위에 있다.
시간이 너무 빨리 간다.
나만 빼고 모든 게 너무 빨리 흘러간다.

_2010년 6월 3일

버스 안에서

정효영

학교 공부를 마치고 시간을 보니
벌써 아홉 시
세상이 다 시커멓다.
학원에 가려고 버스를 기다리고 있으면
어느새 27이라고 적힌 버스가
빛을 내며 다가온다.

거기에 타면
언제나 그렇듯이
나와 같이 교복을 입은 학생들이 있다.
모두 다 하나같이 똑같은 표정
옆을 보니 내 친구도 같은 표정이다.
창문에 비친 내 얼굴도 같은 표정이다.

_2010년 5월 26일

나 홀로 집에

민선옥

야자가 끝나 간다.
한 시간, 30분, 집에 가는 시간이 점점 다가온다.
종이 울린다.
가방을 챙기고
학교가 내 발목을 잡기라도 할 듯
서둘러 학교를 빠져나와 집으로 향한다.

집에 가면 무얼 할까?
공부는 싫다.
아무도 없는 집
멍하니 텔레비전이나 보겠지.

다시 학교로 돌아갈까?

_2010년 6월 9일

교육감 선거

김보현

하나 둘 셋
"△○☆! 열심히 하겠습니다!"
아줌마들이 일제히 입을 모아 외친다.
헐, 오바마 대통령도 뛰어넘을 기세다.

도대체 누가 교육감을 하고
누가 시장을 할 건지
얼굴도 비추지 않는 주제에
뭘 열심히 하겠다는 거야.
우리 학생들의 고통을 알기는 할까.

괜히 죄 없는 아줌마들을
곱지 않은 눈으로
훑는다.

_2010년 5월 31일

화장

문지현

진역 앞에서 친구를 기다리고 있는데
퇴근하던 선생님의 한마디
"야, 인마. 대 경남여고 학생이 화장을 하고
여기서 뭐 하는 짓이야."
"네?"
"너 말이야 너!
그렇게 시퍼렇게 화장하고 짧은 치마 입고,
너 학생증 갖고 와.
부모님 호출이다. 알겠니?
어디서, 그런 화장이 교복과 어울리니?"
그렇게 나는 학생증을 빼앗겼다.
어이가 없다.
시퍼런 화장 따윈 하지 않았다.
아무리 생각해도 억울하다.
가만히 생각해 보니
선생님이 끼신 선글라스 때문에 오해를 받은 듯하다.
선생님은 한복과 선글라스가 어울리는 줄 아시나.

_2010년 6월 3일

성적

장다솔

"이게 성적이야?"
늘 듣는 지겨운 말
또 시작이다.
"니가 놀 때부터 알아봤다."
꽤나 열심히 한 건데.
엄마는 얼마나 잘했을까?
나는 정말 궁금하다.

_2010년 5월 31일

엄마

성주영

야자가 끝나고
아침에 거두어 갔던 핸드폰을 찾아
지하철역으로 간다.
5분 정도, 지하철역에서 아무 생각 없이
핸드폰을 만지작거리다가
지하철을 타고 집으로 간다.
핸드폰 시계를 보니 9시 24분
횡단보도를 건너고 엘리베이터를 타고
엘리베이터에서 내려 집 문을 여는데
엄마는 오늘도, 잘 갔다 왔어?
물으시며 환하게 웃으신다.
그럼요 엄마
아무 일 없이
잘 다녀왔는걸요.

_2010년 5월 27일

말 못 하는 벙어리

이혜린

학교에 갔다 집에 들어오니
엄마가 나를 기다리고 있다.
엄마가 반가워서
힘들다고 아프다고 투정을 부리니
넌 맨날 아프냐고 화를 내신다.
서운한 마음 말도 못 하고
그냥 내 방으로 들어왔다.

_2010년 5월 31일

언니

한승희

피곤한 몸을 이끌고 집에 도착했다.
언니는 침대에 누워 디엠비를 보고 있다.
나를 본 척도 안 한다.
그러면서 웃는다.
얄미워 죽겠다.
시비를 걸고 싶다.
한 대 찼으면 좋겠다.
큰맘 먹고 시비를 걸었다.
역시 언니한테는 상대가 안 된다.
오늘도 뚜드려 맞았다.
내가 커서 돈 벌면 넌 국물도 없어 이년아.

_2010년 5월 31일

피곤해

김민조

야자를 마치고 집에 와서 씻고 누웠다.
잠시 눈 한 번 감았다가 떴는데 아침이다.
기절했다 깬 것 같다.

_2010년 6월 3일

전화

김지영

학원에서 전화가 온다.
받지 않았다.
또다시 원장 쌤 전화가 온다.
받지 않았다.
이번엔 엄마다.
핸드폰을 이불 속에 넣었다.
따르릉 따르릉
이젠 집 전화까지 한다.
누군지는 모르겠지만 뻔하다.
학원 오라는 소리겠지.
나는 이제 집에 없는 사람이다.

_2010년 5월 31일

시험 기간

조정연

9시 15분, 학원 수업 시작이다.
수학 쌤이 들어온다.
"야, 시끄러! 정신 차리라. 시험 기간이다."
시간이 갈수록 점점 흐트러진다.
장난치고 웃는다.
수학 쌤이 화낸다.
"야, 웃지 마! 시험 기간 끝날 때까지 숨도 쉬지 마."
죽으란 말인가.

_2010년 6월 9일

탈출구는 없다

조유리

"학원 다녀올게요."
인사하고 집을 나선 뒤
"선생님, 저 오늘 아파서 학원 못 갈 것 같아요."
전화를 걸고
늦은 밤 나는 탈출구를 찾는다.
걷다가 뛰다가
힘들어 쉬고
또다시 걸으니
어느덧 집 앞에 와 있다.
오늘도 한 시간 동안 헤매면서
결국 탈출구는 찾지 못하고
스스로 굴레를 맨다.

_2010년 6월 9일

발

장지혜

학교를 마치고 학원으로 간다.
공부를 하고 있는데
발에 뜨거운 공기가 가득 차 있다.
신발을 벗고 통풍을 시키고 싶은데
내 뒤에는 남자애들이 앉아 있다.

_2010년 6월 9일

고등학생이란 명분

이은진

오랜만에 학원 안 가고
학교 마치자마자 바로 집으로 갔다.
집에는 엄마 혼자 덩그러니 앉아 있다.
"애들 어디 갔어?"
"아빠랑 부산진역에 나갔어."
너무 황당하다.
"나도 데리고 가지. 오늘 학원 안 가는 거 알면서."
"고등학생은 원래 가족 행사나 놀러 가는 데 제외야."
우리는 고등학생이란 명분 아래
외톨이가 된다.

_2010년 6월 9일

다른 가족

박민경

엄마랑 아빠는 놀러 갈 준비를 한다.
나는 학원에 갈 준비를 한다.
한 집에 두 가족이 산다.

_2010년 6월 3일

교복

김현희

하복 샀냐는 엄마의 물음에
"치마가 짧아서 늘려 달라고 했어."
찌질한 긴 치마를 보고
"이 정도는 돼야 치마가 이쁘지."
칭찬하는 우리 엄마

엄마 미안
나 치마 두 개야.

_2010년 6월 9일

세상에서 가장 불쌍한 사람

이지원

거짓말을 해도
의심받지 않는 사람
그 사람이 가장 불쌍하다.
벽이 생겨 허물 수 없기에
가장 불쌍하다.

_2010년 6월 3일

똑같은 얘기

박민경

만나자마자
학교 얘기를 하는 친구
만나기 전에
전화로 많은 얘기를 했는데도
계속해서 말을 내뱉는다.
근데 가만히 들어 보면
걔가 말하는 학교 얘기와
내가 말하는 학교 얘기는 같다.
분명 다른 학교에서
다른 사람과 겪은 일인데…….
한 가지 같은 게 있다면
대한민국에서 고딩으로 살아간다는 것

_2010년 5월 27일

공휴일

성주영

요란하게 울리는 알람 소리에
눈을 떠서 시간을 확인하니
10시 28분이다.
학원에서 전화가 와 있다.
공휴일인데도 학원엘 간다.
나 같은 애가 몇 명일까?

_2010년 6월 3일

초등학생의 대화

오주희

일요일 오후 동네 슈퍼 앞에
초등학교 2학년쯤 돼 보이는
여자애 둘이
이제 겨우 걸음마를 뗀 아기를 보면서
"재는 좋겠다. 학교도 안 가고."
"공부도 안 해도 되고."
그러게
니네도 고등학생 돼 봐라.

_2010년 11월 15일

발목

이지혜

일곱 살 때
옥상 평상 위에서
멀리뛰기를 했다.
방수포가 내 발목을 잡았다.
턱 깼다.

열일곱 살
나는 날고 싶다.
그런데 그럴 때마다
성적이 내 발목을 잡는다.
꿈 깨란다.

_2010년 6월 9일

꿈

박은화

꿈이 뭐냐고 물으면
옛날엔 대통령이야
거침없이 대답했다.

아직……,
이제 열일곱인데 세상을 다 아는 것 같다.
꿈이 뭐야?
물으면 할 말이 없다.

_2010년 6월 9일

대학

김소연

엄마는 자주
어느 대학 가고 싶냐고 물으신다.
언제부터인가 진로의 마지막이
대학 이름이 돼 버린 것 같다.

_2010년 6월 9일

진짜 내가 있는 자리

장자원

당신들은 나에게서 아름다움을 찾으려 하고
나는 또다시 홀로 무대에 서야 해

나를 바라보는 눈동자들을 향해 나는
우아하게 노래를 하고
화려한 춤을 추고
아름다운 웃음을 짓지

딱 여기까지가
당신들이 볼 수 있는 것의 전부야

당신들은
당신들의 감탄에 조소를 보내는 나를 모르지
당신들은
당신들의 현혹된 표정에 쓴웃음을 삼키는 나를 모르지

당신들이 보는 것은
높게 솟아 있는 무대와
찬란한 조명과

그 아래 한 광대뿐
나의 연기를 당신들은 눈치채지 못해

하지만
사람들이 다 돌아간 후
불이 다 꺼진 무대의 뒤편에는
수고했다며 나의 등을 다독여 주는 친구가 있고
훌륭했다며 꽃다발을 건네는 친구가 있고
그런 그들을 향해 웃음 짓지 않을 수 없는 내가 있어
나는 바로 거기에 있지

_2010년 6월 9일

인생

정민경

어디서 들은 말이 있다.
열심히 공부해서 좋은 대학 나오고
첫 출근하는 날 교통사고로 죽었다고.

엄마에게 그 말을 해 주었다.
엄마는 말하셨다.
그 아이 부모는 어떻게 사냐고.
인생은 짧으니
하고 싶은 것 하고 살아야 한다고.

_2010년 11월 25일

봉사 활동

서영은

추운 겨울날
지나가는 사람들 속에
가만히 서 있기만 했다.

손발 꽁꽁 얼어 가면서
시계만 뚫어지게 보고 있었다.

기쁜 마음으로
봉사 활동 확인서를 받으러 갔다.

네 시간짜리 봉사 활동
확인서를 받아도
봉사 활동이라 할 수 없는 봉사 활동

이렇게 열 시간을 채워 가면
'봉사 정말 열심히 했구나'가 아니라
'봉사 시간 다 채웠구나' 하는 말이 돌아온다.

_2010년 6월 3일

뒤틀린 세상

황지희

엉망이다.
마음이 엉망이다.
시간이 엉망이다.
세상이 엉망이다.

모든 것 다 해 보고 싶을 때
자기가 좋아하는 것 하고 싶을 때
우리는 갇혔다.
나는 갇혔다.
막혀 버린 이 뒤틀린 세상에서
기계처럼 움직이며 하루를 보낸다.

마음이 황폐해진다.
기계처럼 지식을 머리에 집어넣고
날마다 주위 눈치를 본다.
내 마음대로 하고 싶은데
아무도 도와주지 않는다.
동지는 존재하지 않는다.
주위에 둘러싸인 것은 나를 위협하는 적

세상에 아무 도움이 되지 않는 것들이다.

나는 오늘도 살아간다.
뒤틀린 세상에 갇혀 살아간다.
숨이 막혀 오고 가슴이 죄여 온다.
살아남기 위해 내가 아닌 나를 연기한다.

벗어나고 싶어
나는 오늘도 이렇게 소리친다.
이 뒤틀린 세상의 끝은 무엇인가?
그 끝에는 살아갈 길이 있을 것인가?
나는,
이곳을 빠져나가 살아남고 싶다.
살아남아 다시는 이런 세상이 없도록
뿌리부터 뽑아 주겠어.

_2010년 5월 27일

부담스런 친척

황정빈

공부는 잘하니?
학교 다니기 재미있니?
오렌만에 친척들을 만나면 듣는 말이다.
공부 열심히 하라며 주시는 할아버지 용돈
학교 다니며 필요한 거 사라고 주는 삼촌 용돈
나에게 궁금한 건 성적밖에 없는 걸까?
몇 달에 한 번 보는 친척들인데
공부 열심히 하라는 말밖에 들리지 않는다.

_2010년 6월 9일

주말

양예지

비가 온다.
비가 온다.
소파에 앉아서
창문을 보니
밖이 보이지 않는다.
5분이 지나도
10분이 지나도
여전히 밖은 보이지 않는다.
주말을 기다려 온 일주일이
빗물에 씻겨 내려가고 있다.

_2010년 5월 24일

휴일

주소영

휴일에도 공부를 한다.
토요일, 일요일도 상관없이
어제도 하고 오늘도 하고
내일도 한다.
선거일에도 역시나 한다.
나만의 휴일은 언제쯤 오는 걸까.

_2010년 5월 31일

얼룩이

박경미

도둑고양이나 다름없는 1층집 얼룩이
얼룩아! 얼룩아!
오늘 아침도 1층집 할아버지는
얼룩이를 찾아 온 동네를 다니신다.
학교 마치고 집에 오니
얼룩이가 목줄을 하고 묶여 있다.
얼룩아, 이제 심심해서 어떡하니.
내가 더 답답하구나.

_2010년 11월 15일

내가 존재하는 이유

민정원

절벽까지 가 본 적이 있다.
내가 '나'를 버리기 위해
바닥까지 추락해 본 적이 있다.
내가 '나'를 포기했기 때문에

그러면서도 존재한다.
잊히지 않기 위해

_2010년 6월 9일

우리 언니

강채우

토요일 밤 11시
알바 마친 언니가 비밀번호를 누르는 소리가 들린다.
집으로 들어와 방문을 열고 컴퓨터를 켠다.
그리고 컴퓨터가 켜질 동안 손을 씻으러 간다.
방으로 들어와 컴퓨터 앞에 앉는데
엄마 발소리가 들린다.
엄마가 문을 열었다 닫는다.
언니는 거실에 텔레비전 보러 나간다.
그러자 엄마 목소리가 들린다.
"엄마 친구 미영이 이모 기억나나?
그 이모 아들이 서울대 갔다고 했제."
언니 얼굴은 텔레비전에 고정돼 있고
표정은 찌그러져 있다.
"글쎄, 종혁이가 서울대에서 전액 장학금을 탔단다."
언니는 화가 났는지
시끄러운 문소리를 내며 방으로 들어온다.
어째 대학생이 나보다 더 학생 같다.

_2010년 6월 9일

반어법

임성미

아빠는 늘
내가 하고 싶은 일을 하면 된단다.
내가 패션 디자이너가 되고 싶다고 하면
“그거 하게?
그런 걸론 먹고 못 산다.
니보다 뛰어난 애들이 얼마나 많은데.”
내 꿈을 깔아뭉갠다.
내가 하고 싶은 거 하면 된다더니
순 거짓말이다.

_2010년 6월 3일

기억

김남현

"느그 시험 언제 치는데?"
엄마가 물었다.
생각해 보니까 저저번에도 물어보고
저번에도 물어봐 놓고서
오늘 또 묻는다.
"7월에. 도대체 몇 번을 말하노?" 하니까
요즘 엄마가 기억할 게 너무 많아서
계속 까먹는 거란다.
내 생각에는 엄마가 까먹는 게 아니라
시험만 딱 기억하고 있는 것 같다.

_2010년 6월 3일

성적표

이지선

성적표를 받았다.
내가 생각해도 너무 심했다.
기대하고 계실 부모님께
무슨 말을 할까
머리가 아플 정도였다.
부모님께 성적표를 보여 드렸다.
엄마는 내 성적을 보더니
아무 말도 없이 눈을 돌린다.
아빠가 받아 보더니
"이게 성적이가?
이래 가지고 전문대나 가겠나."
잔소리를 듣고 있으니
미안한 마음은 사라지고 화가 난다.
자기 공부는 자기가 하는 거라 해 놓고
내 성적 보고 엄마 아빠가 더 화낸다.
내가 반성하면 그만인 거 아닌가.
나중에 기말고사 잘 받으면 될 거 아닌가.

_2010년 5월 31일

성적표

박희수

조심스럽게 성적표를 내밀었다.
엄마의 표정이 굳어진다.
“수학 할래? 영어 할래?”
“수학 할게.”
성적표를 들고 다시 방으로 들어왔다.
세 자리 수학 등수
나도 모르게 손이 수학책으로 간다.

_2010년 6월 9일

별일

안현주

엄마가 한 번씩 묻는다.
“학교는 별일 없나?”
“어, 별일 없지.”
늘 똑같은 대답이다.
나도 별일이 좀 있었으면 좋겠다.

_2010년 5월 27일

엄마

강현실

길을 걷다 엄마에게 말했다.
"엄마, 저 집 정원도 있고 진짜 예쁘다."
"그러네. 집값도 꽤나 비싸겠다."

성적표가 나온 날
"엄마, 나 성적표 나왔어. 여기."
"어디 보자. 전교 8등도 아니고 반 8등이야? 에휴."

엄마는 왜 그렇게 숫자에 집착하는 걸까?

_2010년 5월 27일

말대답

장예지

"니가 뭘 잘못했는지 모르겠나?"
엄마의 말에
반성하는 모습을 보이려고
고개 숙이고 대답을 안 했더니
왜 대답을 하지 않냐고
혼이 났다.

"엄마가 왜 화내는지 모르겠나?"
솔직하게 모르겠다고 하니
왜 말대답하느냐고
혼이 났다.

나보고 어쩌란 건지.

_2010년 5월 27일

못 이기는 잠

정서희

눈을 감고 있지만 느껴지는
날카로운 시선
눈이 번쩍 떠졌다.
가만히 문을 열고 서 있는 엄마
이젠 말도 하기 싫으신가 보다.
"니! 엄마가 몇 번이나 말했노?"
예 알고 있어요. 수도 없이 말씀하셨죠.
"잠 오면 빨리 씻고 자라고 했지!"
예 알고 있어요. 하지만 잘 안 되는걸요.
속사포 랩처럼 터져 나오는 말을
화장실 문을 닫고
그냥 흘려버린다.

늦은 밤 공부하다 오는 잠
몸을 가누기조차 힘들어
어쩔 수 없이 침대에 누웠는데
어찌 저렇게 잔소리를 하시는지.

_2010년 5월 31일

내가 뭘

이유진

학원 갔다 집에 왔다.
동생이 컴퓨터를 하다가 화를 낸다.
"아! 진짜."
내가 물었다.
"니 왜 그라는데?"
"뭐 ○○년아."
"왜 욕하는데 병신아."
엄마가 대화에 참견한다.
"동생한테 말 좀 잘하고 잘해 주라 좀."
"뭐 쟤가 먼저 욕했잖아."
"니가 평소에 그러니까 그렇지."
내가 뭘?
동생은 전교 1등이라는 말이겠지.

_2010년 6월 9일

뒤바뀐 잔소리

이경은

엄마가 집에 와서 내 옆에 앉았다.
내가 치킨을 먹었다 하니
왜 허락도 없이 돈을 썼냐고
화를 낸다.
나는 당황해서 아무 말도 못 하고 있었다.
그때 아빠가
"오빠가 카드 들고 가서 허락 없이 돈 써서 그런 거야."

드디어 오빠가 집에 왔다.
엄마는 오빠에게 몇 마디 하더니
다시 내 옆으로 와 앉는다.
그러더니,
"똑바로 앉어!"
또 화낸다.
나는 너무 화가 나 방으로 들어갔다.
오빠한테 화난 거
왜 나한테 짜증일까.

_2010년 6월 9일

편지 한 장

최이원

주말 저녁 드라마 속 행복한 부부를 보고서
“아! 나도 결혼하고 싶다.”
“결혼하면 좋은 줄 아나?”
“혼자 사는 것보단 낫잖아요.”
며칠 뒤 내 책상 위에 엄마의 편지 한 장
‘니가 어려서부터 결혼을 생각한다는 것은
니가 혼자인 게 힘들어서 그런 게 아닌가 싶다.
절대적으로 니 편이 되어 줄 누군가가 필요해서,
외로워서…….
하지만,
너의 한마디가 누군가에게 독이 된다면
행복한 결혼 생활도 없을 것이다.’
난 그냥 한마디 한 것뿐인데

_2010년 11월 22일

아빠 없는 집

정우진

학교를 마치고
나는 무거운 몸을 이끌고 집으로 간다.
멀리서 보이는 우리 집
환한 창문 너머로
동생과 엄마의 웃음소리가 들리는 거 같다.
아빠의 목소리를 들을 수 없게 된 지 몇 년이 지났다.
그래도 엄마와 동생은 마주 앉아 웃음꽃이다.
집에 온 나를 보고
"왔냐?" 묻는 엄마 목소리
"언니, 과자는?" 묻는 동생 목소리
"학교는 재밌었나?" 묻는 아빠 목소리는
어디론가 사라져 버렸다.
다시 아빠 목소리 듣기를 기다리며
하루는 간다.

_2010년 6월 9일

엄마

○○○

엄마와 떨어져 지낸 지 벌써 몇 년
조금 있으면 같이 살겠지 하며
하루하루 보낸 시간들이
어느새 나를 이렇게 크게 만들어 버렸습니다.

몇 년 만에 보게 된 엄마 얼굴
작아져 버린 엄마를 안아 봅니다.
고된 일로 이빨이 여러 개 빠진
엄마 얼굴을 보고서
쓴웃음을 짓습니다.

힘드냐고 묻는 내 말에
엄마는 자꾸 같은 대답만 합니다.
엄마 눈엔 아직도 어릴 적 모습이 남아 있어서일까요.
훌쩍 커 버린 딸의 모습에
놀라움이 채 가시지 않아서일까요.

나도 알 거 다 알고
감춘다고 안 보이는 것도 아닌데

엄마는 자꾸 거짓말만 합니다.
예전엔 싸우면 항상 엄마가 졌지만
이번엔 엄마의 고집에 내가 지고 맙니다.

그래도 나는 행복합니다.
언제까지나 엄마에겐 어린 딸로 보인다 해도
이젠 내가 엄마 눈에 맞춰서
어린 딸로 돌아갈 수 있으니까요.

_2010년 5월 31일

엄마

신연지

니가 내 딸이라서 너무 좋다.
술 먹은 엄마 입에서 나온 말
나도 엄마가 제일로 좋다.
이 한마디 하고 싶지만
그냥 웃는다.
고마워서
대답하면 눈물이 날 것 같아서.

_2010년 6월 9일

다른 사람

권의진

사람들은
웃음이 행복을 가져다주고
웃을 때가 가장 행복하단다.
그런데 왜
나는 웃으면 웃을수록
힘이 들고 지쳐 가는지 모르겠다.

나를 보며 살아가는
엄마를 보면
무너질 것만 같은 엄마를 보면
웃어야 되는데
웃고 싶은데
다른 사람들처럼
웃고 싶을 뿐인데…….

_2010년 6월 3일

보고 싶은 엄마 아빠

조연경

하루에 엄마 아빠를 보는 시간은
얼마나 될까?
다 합치면 겨우 한 시간쯤 될까 말까.
내가 제일 일찍 나오고
제일 늦게 들어간다.
집에 들어가면 모두 자고 있다.
엄마 아빠 깰까 봐
조용히 내 방으로 들어간다.
고아가 된 것 같다.

_2010년 5월 26일

수능

문지현

수능이 끝난 날
시험 친 3학년 언니들
얼굴에 한가득 웃음과 함께
쓸쓸함이 묻어 있다.

왜일까?
수능을 망쳐서일까
아니면,
12년 동안 코피 터지게 공부했는데
하루의 시험으로
나머지 인생이 결정되어서일까.

_2010년 11월 25일

2부

다 알면서도 껌을 산다

절실한 손

하재경

사람들이 많이 다니는 큰길가
부부로 보이는 두 사람이
무언가를 나눠 주고 있다.

나눠 준 종이에 인쇄돼 있는 문구
'이 아이를 찾습니다'
그 아래 한 아이의 앳된 사진

그 부부에게로 눈길을 돌리자
초췌한 얼굴을 한 여자가
사람들이 버리고 간
그 종이를 다시 주워 툭툭 털고는
슬픈 얼굴로 그 종이의 사진을 응시한다.

그제서야 종이를 손에 꼭 쥐어 주던 그 손이
그 어떤 손보다 절실한 손이란 걸 알았다.

_2010년 11월 10일

날짜 물어보는 할머니

박지현

집으로 가는 길
갑자기 백발의 할머니가 내 손을 잡는다.
"학생아, 오늘 며칠이고?"
난 성실히 대답했다.
그 뒤로 그 할머니는
나를 보면 기다렸다는 듯이 계속 물어봤다.
그 까무잡잡하고 쭈글쭈글한 할머니의 손
이제는 볼 수 없다.
왜 날짜를 물으셨는지
누굴 기다리고 있으셨는지…….

_2010년 11월 10일

쓸쓸한 할아버지의 뒷모습

김강은

기말고사가 끝난 날
버스를 타고 기분 좋게 놀러 가고 있었다.
'끼익' 버스가 갑자기 멈춰 선다.
사고가 날 뻔했다.
버스 기사 아저씨가 소리를 버럭 지른다.
"저게 미쳤나. 죽고 싶어서 환장했나."
누군가 하고 봤더니
한 할아버지가
종이를 가득 담은 수레를 끌고 가신다.
창문으로 할아버지의 쓸쓸한 뒷모습을 바라보는데
눈물이 났다.

_2010년 11월 10일

조금만 빨랐더라면

권윤정

집으로 가는 길
골목에 시각장애인 아저씨가 있었다.
지팡이를 좌우로 흔들며
옆에 있는 전봇대를 찾아서 잡고 가는 아저씨

도와드릴까 말까
생각만 맴돌고
몸은 나가지 않았다.

전봇대에 부딪혀 넘어지는 아저씨
옆에 있던 아주머니가 일으켜 세워 준다.

아! 내가 조금만 빨랐더라면
몸이 조금만 더 움직였더라면
내 마음속에 남아 있는
찜찜한 응어리

_2010년 11월 10일

독거노인

이은진

우리 슈퍼에 오셔서
날마다 단지우유를 사 가시는 할머니
한숨을 쉬시며
"20일 되면 줄게. 이거 외상 좀 달아도."
밥 대신 바나나 단지우유를 드신다고 했다.
자식이 하나 있는데
그 아들은 정신지체 장애인이다.
돈 한 푼 벌지 못하는 할머니에게
유일한 생존 수단은
매달 20일에 나오는 생활 보조금뿐
집세에 아들 병원비
생활 보조금은 턱없이 부족하고
할머니의 어깨는 더욱 무거워진다.

_2010년 11월 10일

노숙자 아내

강채우

야자가 끝나고 집에 가는 길
부산진역 지하도로 내려가는데
오늘 역시 노숙자 아저씨들이 수두룩하다.
아무렇지도 않은 척 걷고 있는데
"그만 갑시더 마, 그냥."
"안 간다. 빨리 안 꺼지나."
"계속 여기 있을 껍니꺼?"
"가라고 좀!"
내 눈에서 눈물 한 방울 흐른다.
"여기서 자지 말고 집에 가서 잡시더."
"……."
아저씨는 아주머니를 등지고 돌아누우시고
아주머니는 집에 가시는 것 같더니
멀찍이 숨어서 아저씨 몰래 지켜보신다.

_2010년 11월 10일

육교 위의 할미꽃

김송경

육교 끄트머리
밤할머니
연탄불을 지펴서
밤을 팔고 계신다.

다 구운 밤은 쌓여만 가는데
지나가는 사람들은
육교 위 매서운 바람처럼
지나쳐 간다.

할머니는 꽁꽁 몸을 감싸지만
쭈글쭈글 밤물 들은 손은
바람에 힘겹게 맞선다.

밤 2000원어치를 사면
노오란 봉투에
가득 담아 준다.
깐 지 오래되어서 딱딱하고
껍질이 다 까지지도 않았지만

이 밤 한 봉지가

할머니의 마음을 녹여 줄 것도 같다.

_2010년 11월 10일

바지락 할머니

조연경

아빠와 바지락을 사러
대형 마트에 갔다.
마트 앞에 쪼그려 앉아서
해산물을 파는 할머니.
가만히 앉아서
마트 봉지를 들고 나오는 사람들을 쳐다본다.
빨간 고무장갑을 낀 손으로
우리를 부른다.
아빠는 할머니에게 바지락을 산다.
"많이 주세요." 이 한마디에
할머니는 봉지 가득 바지락을 채워 담는다.
"저기 저 마트보다 내가 더 많이 준 거야.
다음에 또 와."
할머니는 돈을 주머니에 구겨 넣으면서
다시 해산물이 가득한 대야 틈에 앉는다.

_2010년 11월 10일

같은 자리

조현미

생선 비린내 나는 시장
할머니는 언제나 그곳에 계셨다.

시장 가게도 아니고 맨땅에
생선을 바구니째 놔두고
주름진 얼굴을 보자기로 감싸고
몸보다 훨씬 커 보이는 외투를 입고

한 손님이
"좀 깎아 주세요." 하면
"안 되는데……. 안 파는 것보다 낫지."
하면서 손님과 가격을 맞춘다.

안 파는 것보다 깎아 주는 게 낫다지만
할머니 얼굴의 주름은 깊어진다.

_2010년 11월 10일

환한 웃음

남인애

홀로 외롭게 사시는 할머니를 만났다.
가족이라곤 강아지 한 마리뿐
집 안으로 들어가자 크지 않은 방 두 개
방에는 때 탄 벽지가 너덜너덜 춤을 추고 있다.
우리는 춤추는 벽지를 뜯어내고
깨끗한 새 벽지를 발랐다.
말끔해진 방 안
할머니는 우리에게 고맙다는 말만 하신다.
"고맙데이. 정말 고맙다, 야들아."
할머니 얼굴에 환한 웃음이 번진다.

_2010년 11월 10일

물고기 할머니

이시은

학교 마치고 집에 가는 길
버스에서 내려 집으로 걷다 보면
항상 그곳에 앉아 계신다.
물고기를 팔았는지 못 팔았는지
할머니는 가만히 앉아 계신다.
마른 납새미*, 내가 모르는 물고기 두세 마리
품목은 이게 다인데
파리가 이리저리 꼬인다.
할머니는 목도리를 하시고
의자도 없이 쭈구려 앉아
얇은 바지 속에 쭈굴쭈굴한 손을 넣고
가만히 앉아 계신다.

_2010년 11월 10일

* **납새미** : 가자미

버스 할아버지

김소림

하굣길 버스를 타고 가는데
할아버지 한 분이 올라타신다.
한눈에 들어오는 허름한 차림새
아! 방금 앉았는데,
이런 생각으로 일어났는데
버스 기사 아저씨가
큰 소리로 할아버지를 욕하기 시작한다.
뭐지? 하고 할아버지를 보니
할아버지는 귀가 잘 안 들리는지
내가 비켜 드린 자리에 그냥 앉으신다.
출발하지 않는 버스와 기사의 욕 소리
아무래도 할아버지가 돈을 안 내고 타셨나 보다.
그냥 내가 내 드릴까
하지만 몸은 움직이질 않는다.
차츰 사람들의 원성이 높아지자
할아버지도 상황을 아셨는지
내리시려고 하는데
내 옆의 청년이 천 원을 내더니
할아버지와 기사에게 그냥 가자고 한다.

다행이다 싶었지만
할아버지는 그냥 내려서 가신다.
사람들이 왜 그러는지…….

_2010년 11월 10일

골목길 할머니

서지민

"오늘도 내가 박스 몇 개 쭈서 가가
그 할매 줏따아이가.
딸이 하나 있는 갑더라.
영감 제사라꼬 거기다가 제사상 채리 놓고
둘이서 지내더라."
"그 딸은요?"
"갔지. 제사 때나 시일실 오고 가삐더라.
그래도 그 할매 안죽 정정해갖꼬
혼자 잘 댕기더라."
"맨날 앉아 계시던데요?"
"아이다. 새벽에 나와갖꼬 내랑 인사도 하고 그란다."

우리 할머니가 새벽 운동 가실 때마다
박스를 주워다 드리는 골목길 할머니
창문 하나 없는 갑갑한 쪽방 문은
언제나 열어 두신다.
대문이랄 것도 없는 샷시문 바로 옆에는
한 평도 안 되는 화장실
호박 덩이부터 잡다한 가구까지 빽빽하고

나머지 공간은 할머니의 거실이자 큰방이자 부엌이다.
골목길을 어슬렁어슬렁 걸어 다니시면서 가져온 박스를
끈으로 묶어 놓고
열어 놓은 대문 앞에 앉아 계신다.

_2010년 11월 10일

가게 앞 할아버지

박수현

"아이고 착한 아가씨 왔네."
외할아버지 친구분
이젠 내 이름도 모른다.
언젠가부터 외할아버지 가게 앞에 앉아 계신다.
외출할라 하면 언제나 묻는다.
"아가씨, 어디 가?"
백발이 되어 버린 할아버지 머리카락
같이 백발이 된 할아버지 아내
하지만 가끔은 누군지 모른다.
"할멈은 누군데?"
왜 여기 앉아 계신지도 잊어버리고…….

_2010년 11월 10일

육교 위의 가수

곽다예

육교 위에 큰 스피커가 보이고
희미하게 노랫소리가 들린다.
올라가 보니
의자에 앉아 마이크를 꼭 쥐고 있는 아주머니
그 앞에 덩그러니 놓여 있는 바구니 하나
그리고 그 안에 동전 몇 개
가방 어딘가 굴러다니고 있을 동전을 찾고 있는데
어떤 아이들이 눈치를 보며 다가오더니
몇 개 되지 않는 동전을 가져가 버린다.
아주머니는 그 광경을 보고도
그저 노래만 부르신다.
알고 보니 보고도 모른 체한 것이 아니라
볼 수 없는 것이었다.

_2010년 11월 10일

시장 칼국수

이정은

친구가 배가 고프다 해서
우리 집 근처 시장에 갔다.
나는 배가 불러
하나만 시켜 먹으라고 하고
아주머니께 한 그릇만 달라고 했다.
조금 기다리니
그릇 두 개가 나왔다.
어, 한 개만 시켰는데요?
혼자 먹으면 쓰나!
그릇 두 개에 칼국수를 가득 담아 주셨다.

_2010년 11월 10일

똑같은 이야기

김아냐

봉사 시간을 위해 찾아간 요양병원
나를 보고 무척 반가워하시는 할머니 한 분
차가운 손으로 내 손을 잡으시고는
"내가 젊을 때……."
3분 정도 지났을까
할머니는 이야기를 마치고 또 할 말씀이 있는지
이야기를 시작하신다.
"내가 젊을 때……."
그렇게 세 번이나 반복하시고는 내 볼을 비벼 주신다.
그저 봉사 시간을 채우려고 찾아간 나를
마음으로 맞이해 주신 따뜻한 할머니.

_2010년 11월 10일

구두 닦는 아저씨

김나리

우리 아파트에 사시는
키 작고 다리가 불편하신 아저씨
매미 소리가 요란할 때
구두 닦는 가게 옆에서
구두를 한 손에 들고
불편한 다리는 의자에 올려놓고
고개를 뒤로 젖히고
주무시던 아저씨

아파트 현관으로 들어서는데
구두약이 덕지덕지 묻은
꾸깃꾸깃한 옷을 입고
엘리베이터를 타려고
애를 쓰시는 아저씨가 보였다.
달려가서 버튼을 누르고
휠체어가 다 들어올 때까지 누르고 있으니
아저씨가 나를 보고 고개를 끄덕이신다.

_2010년 11월 10일

저녁의 소리

심민정

자려는 내 귀에 들려오는 소리
이맘때쯤이면 들려오는 소리
손자와 함께 헌 옷을 수거해 가는 할머니
커다란 철통 안에 든 옷들이 할머니를 웃게 한다.
굽어 버린 등으로
수십 개의 아파트 계단을 오르내리는 할머니
늦은 밤 손자 걱정에
걷기도 힘든 몸으로
손자 손 꼭 잡고 계단 오르내리는 할머니
내일 또 할머니의 웃음소리를 들을 수 있을까?

_2010년 11월 10일

구멍가게

신수민

할머니 집 가는 길
좁디좁은 골목길 사이
모퉁이에 조그만 구멍가게 하나
간판이 없는 가게
이름 없는 가게다.

입이 심심해 가게 안으로 들어간다.
보이는 건
뿌연 먼지에 파묻혀
허름한 진열장에 흩어져 있는
몇 안 되는 과자들
주인도 안 보인다.

가게 구석 조그마한 유리문에 보이는
주인 할머니
가게가 집인가 보다.
혼자서 무얼 하시는 걸까
텔레비전도 없는 방
낮인데도 어두운 방

꼭꼭 외투를 껴입으신 할머니
멍하니 하염없이
앞만 보고 계신다.

_2010년 11월 11일

무관심

박현아

할머니, 할아버지께서
한 분, 두 분
내게 다가오신다.

"학생, 우대권 뽑는 거 좀 도와줘."
그런 할머니, 할아버지를 돕고 있는데
내 눈에 한 아저씨가 보인다.

"화장실 좀……."
하면서 도움을 청하신다.
시각장애인이다.

주위에 있는 사람들은
무관심하게 보고 있을 뿐
아무도 도와주지 않는다.

화장실이 가까이 있는데도
아저씨는 길을 못 찾는다.
그분에게 다가갔다.

"아저씨, 제 팔 잡고 따라오세요."
그러고는 화장실 입구까지 모셔다 드렸다.

고맙다며 몇 번이고
허리 굽혀 인사하는 아저씨

도리어 미안해진다.

_2010년 11월 11일

등굣길의 할머니

오은비

아침에 뛰어가면
독거노인 봉사센터 옆 시멘트 벽돌 위에
앉아 계시는 할머니
빛바랜 보라색 누비 잠바에 세트인 듯한 바지
지팡이를 짚고 앉아 계신다.
출근길, 등굣길로 바쁘게 다니는 사람들 중에서
할머니만 앉아서 사람들을 보고 계신다.
눈이 마주쳤다.
둥글둥글하고 서글서글한 눈
시계를 보고 다시 뛰었다.

_2010년 11월 11일

다 알면서도

최은영

어두운 겨울 저녁에
남포동 지하철역 안에서
얇은 외투를 걸치고
다리가 퉁퉁 부은 데다가
상처가 곪아 터져 진물이 흐르는 모습으로
500원짜리 자일리톨껌을 팔고 있는 아저씨
다가가서 얼마예요? 묻자
1000원입니다, 답하시는 아저씨
나는 다 알면서도 껌을 산다.

_2010년 11월 11일

굽은 허리

정혜인

시장 골목골목을 지나
단골 횟집에 들어갔다.

항상 그랬듯이
편한 자세로 앉아
회를 썰고 계시는 할머니

저 건너편에 있는 물건을 집으려고
몸을 일으키는 그 잠시 동안에도
할머니의 등은
펴지지 않았다.

_2010년 11월 11일

이방인

황서영

시험 마지막 날
일찍 마치고 홀가분하게 집에 왔다.
대낮이라 동네도 조용하고
시험도 마쳐서 나른하게 앉아 마당을 보는데
밤색 털에 작고 새까만 눈
자기 몸길이와 거의 비슷한 긴 꼬리를 가진
족제비가 왔다.
배고픈 듯 불쌍한 눈으로 두리번거리다
눈 깜짝할 사이에 사라졌다.
한 5분쯤 뒤에
또 와서 두리번두리번거린다.
통조림 햄을 한 숟가락 떠서
문 앞에 조심스레 두었다.
족제비는 햄을 보고는
두 손으로 허겁지겁 먹어 댔다.
그러고는 또 사라졌다.

_2010년 11월 15일

육교 계단

한승희

지금은 없는
못골시장 육교
그 계단에 앉아 있던 아저씨

중풍에 걸리셨는지
팔을 덜덜 떨고
파카를 입고
고개 숙여 앉아 계셨다.

나도 모르게 마음이 약해져
주머니에 있던 동전을 다 털어
종이컵에 넣었다.

_2010년 11월 15일

몇백 원

박재은

가게에 가려고 버스에 타서
음악을 들으며 가는데
이어폰 위로 들리는 시끌시끌한 소리
뭐지?
대학생으로 보이는 청년에게
기사 아저씨가 욕을 해 댄다.
아무래도 청년이 돈을 조금 덜 낸 것 같다.
그 몇백 원이 뭐길래
그걸로 욕을 해 대는 걸까.
청년은 돈이 없는지
친구에게 돈을 빌려 덜 낸 돈을 낸다.
나도 백 원 덜 낸 적 많은데…….

_2010년 11월 15일

엘리베이터 안에서

박소희

휠체어에 앉은 앞집 치매 할머니가 타셨다.
애들을 보면 화부터 내는 할머니
혹시 내게 말을 걸까 모른 척 못 본 척 한다.
멍한 얼굴로 무슨 생각을 하실까?
사람들이 자신을 피한다는 걸 알고
마음을 닫으셨나?

_2010년 11월 15일

골목길 앉은뱅이

한송희

엄마랑 마트에서 장 보고 돌아오는 길
어린이집 앞에 쭈그려 앉아 있는 아줌마가 보인다.
여름에도 겨울에도
파란 화장실 슬리퍼 신고
언제나 골목길에 앉아 계신다.
그런 아줌마를 보고 엄마 하는 말
“그래도 해코지는 안 해서 다행이네. 그렇지 않나?”
대답하기가 망설여진다.

_2010년 11월 15일

이기심

이혜린

등굣길 88번 버스 안
영도다리에서 다리 한쪽을 목발에 의지한
아저씨가 탄다.
자리는 학생들이 다 차지하고 있다.
난 맨 뒷자리에서 누가 비켜 주나 보고만 있을 뿐
선뜻 나서지는 못한다.
그렇게 한 정거장을 더 가고 나서야
나이 든 할머니가 앉으라며 일어나신다.
난 고개를 숙였다.

_2010년 11월 15일

걸음에 담긴 의미

김라현

어둑어둑한 시장 바닥
바닥에 늘어놓은 생선들을 비켜 가며
무거운 짐을 나르시는 아저씨

아프리카 사람보다 더 마른 몸과
푹 눌러쓴 모자 밑으로
까무잡잡한 얼굴과
웃음을 잃은 지 100년도 넘어 보이는
아저씨의 표정이 드러난다.

세상의 모든 짐을 옮기는 것같이
느릿느릿한 발걸음에
짜증을 부리며 지나가는 사람들
그 틈에서 나는
왠지 모를 미안함과 안타까움으로
그 아저씨를 뒤따라가면서
그 걸음에 내 걸음을 맞추었다.

_2010년 11월 15일

젊은 장애인

한성령

아침에 학교로 가기 위해 81번 버스에 올랐다.
나는 내 친구와 둘이 앉는 자리에 앉았다.
몇 정거장 뒤 젊은 장애인이 탄다.
그 장애인은 맨 뒷자리 중앙에 앉았다.
두 정거장쯤 갔을까
내 친구에게 도움을 요청하더니
서로 자리를 바꿔 앉는다.
내 옆에 앉아 내 손을 쿡쿡 찌르더니
자기 목에 걸려 있는 전화번호를 가리킨다.
"전화해 달라고요?"
"으으윽."
그 번호를 눌러 전화를 걸었다.
전화 너머 아저씨의 무책임한 말
"걔 혼자서도 찾아올 수 있어요!"
화가 났지만 곧 내려야 했다.
학교로 걸어오는 동안
아저씨의 무책임한 말이 자꾸 들려왔다.

_2010년 11월 15일

청테이프 아저씨

김혜린

학원 가는 길
청테이프를 얼굴에 덕지덕지 붙인
아저씨가 버스 정류장 한쪽 구석에 서 있다.
친구들과 학교에서 말하던
그 청테이프 아저씨다.
화상을 입은 자신의 얼굴을 숨기려고
붙이기 시작했다는 청테이프

며칠 후 「세상에 이런 일이」 프로에
청테이프 아저씨가 나왔다.
놀랍게도 청테이프 아저씨는
얼굴에 화상을 입은 게 아니었다.
정신장애 같은 병에 걸려
더러운 공기가 얼굴에 닿는 게 싫어서
청테이프를 붙이고 다닌다고 했다.

_2010년 11월 15일

잔파 2000원어치

박소라

우리 집 바로 앞에는
상추, 깻잎, 오이, 채소를 파는
할머니가 계신다.
할머니는 얼굴에 수건을 두르고
몸에는 잠바 하나를 걸치고
하얀 고무신을 신고
작은 의자에 움츠려 앉아 계신다.
"할머니, 잔파 2000원어치 주세요."
"아이고 고마워라."
할머니는 시들시들해진 잔파를
검은 봉지에 담으시고는 웃으신다.
잔파 2000원어치에.

_2010년 11월 15일

옆집 할머니

곽동채

학교 마치고 집으로 올라가는 길
바람이 찬데도 밖에 서 계신 할머니가 있다.
아홉 시가 넘었는데 춥지도 않으신지
몇 시간째 나와 계신다.
아들이 올라올 만한 길을 애타게 내려다보신다.
내가 인사하니
학교 갔다 오는 길이냐고 반갑게 맞아 주신다.
추운데 들어가시라고 하니
알겠다, 하고 웃으신다.
내가 들어가고 나서도
여전히 기다리고 계실 할머니를 생각하니
가슴이 짠하다.

_2010년 11월 15일

좌판 할아버지

허동영

노는 토요일 아침
학교 기숙사에서 나와 집으로 가는 길
수정시장 앞에
좌판을 펴고 석류를 파는
흰 군인 모자를 쓴 할아버지
아침 시간 한산한 그 시장 길에
가장 먼저 나온 듯
입에는 담배 하나 물고서
멍하니 앞을 보고 계신다.

점심을 먹고 다시 학교에 갈 일이 생겨
시장 길을 따라 올라가는데
흰 군인 모자를 쓴 할아버지 좌판이 보인다.
하나도 줄지 않은 석류 옆에 바나나가 있다.
여전히 보고만 있는 앞쪽에는
건물 유리뿐인데
할아버지는 뭘 보고 있는지.

학교를 나와 집으로 가는 길에
아직도 멍하게 있는 할아버지
좌판 위에 과일은 그대로인데
주위는 벌써 어둑어둑해지고
차가운 바람은 시장 길을 휘감는데
맞은편 건물 유리에 비친 할아버지 얼굴이
서러워 보인다.

_2010년 11월 15일

167번 아주머니

양정윤

난 맨날 167번 버스로 통학한다.
어느 날 일찍 버스를 탔다.
서면 롯데백화점 앞에서
뒷문이 열리는 순간
사람들 사이로 한 아주머니께서
손수레를 힘겹게 뒷문으로 밀어 올리신다.
성을 내시는 기사 아저씨
"아주머니, 안 갈 테니깐 사람 다 내리고 올리세요."
"아이고 죄송합니더."
맨발에다 삼선 슬리퍼
몸보다 더 큰 채소 더미
도와드리고 싶었지만
여기서 내리지 않는다는 맘 속 한마디가
나를 잡고 막았다.

_2010년 11월 15일

차가운 세상

최민주

아홉 시, 야자를 마치고
피곤함으로 얼룩져 있던 나는
재빨리 학교를 벗어난다.
밤이 내려 날씨가 쌀쌀하다.
앞에서 큰 고함 소리가 들린다.
무슨 일일까.
내 발걸음은 느려진다.
생선 할머니와 어떤 남자의 모습이 보인다.
남자는 우산으로 할머니를 가리키면서 욕을 한다.
"이년아, 이년아, 그딴 식으로 살지 마라."
나이 든 사람한테 도저히 할 수 없는 말이다.
누구도 그 사람을 막지 않는다.
모두들 가만히 서서 구경만 한다.
경찰도 멀찍이 서서 바라만 본다.
어쩐지 마음 한구석이 차가워졌다.

_2010년 11월 15일

위층 아줌마

조보경

학원 봉고차를 타려고 집 앞에서 기다리는데
윗집 창문이 열리더니
잘린 천들이 널브러진다.
지나가던 사람들이
손가락질을 하며 욕을 해 댄다.
"저 아줌마가 미쳤나."
"대낮부터 술 처먹었나."
집에 와서 엄마한테 말해 주니
정신이 이상해 자식들이 새 옷을 사 오면
가위로 모조리 잘라 버린 댔다.
옷과 무슨 아픈 사연이 있는 것일까.

_2010년 11월 15일

과일가게 아주머니

강민지

내가 등교할 때도
집으로 돌아올 때도
똑같은 모습으로 앉아 있는 과일가게 아주머니
하루는 오렌지를 사러 가게에 갔다.
이거 얼마예요, 하고 물으니
이 귤 말이냐, 하고 손을 뻗으신다.
그 손길에 과일 바구니가 엎어져
오렌지 다섯 개가 길가로 데굴데굴 굴러간다.
다급하게 뛰어가 보지만
경사 때문에 빠르게 굴러 내려가서
그만 한 개가 터져 버리고 말았다.
이거 아까워서 어떡해요, 하니
괜찮다 괜찮다, 하시며
그 투박한 손으로 깨끗하게 닦아서
오렌지를 가득 담아 건네준다.

_2010년 11월 15일

-20만 원짜리 목숨

조예림

내가 잘 아는 아저씨가
오토바이를 몰고 가다
70대 후반 정도로 보이는 할머니를 치었다.
그 자리에서 할머니는 하늘나라로 가셨다.
얼마 뒤 할머니 가족이 왔다.
아저씨는 죄송하다며 빌었다.
그런데 오히려 아저씨에게
20만 원을 주면서
놀랐을 것이니 정신 치료를 받으라는 것이었다.
알고 보니 그 할머니는 치매에 걸려
가족들에게는 귀찮은 존재였다는 것이다.
무서운 세상이다.

_2010년 11월 15일

누런 통

노가영

내가 일곱 살 때쯤이었다. 엄마 아빠랑 자갈치시장에 갔다. 나는 엄마 손을 꼭 잡고 사람들로 빽빽하고 시끌벅적한 그 사이사이를 지나갔다. 그런데 갑자기 앞에서 납작한 물체가 나타났다. 자세히 보니 한 아저씨가 이삿짐을 옮길 때 쓰는 바퀴 달린 납작한 판 위에서, 팔 한 쪽과 다리 두 쪽 없이 한 팔로 판을 밀면서, 100원짜리와 50원짜리가 든 통을 흔들며 사람들 사이를 지나가고 있었다. 엄마는 아저씨를 보고 나를 다른 쪽으로 데려갔다. 작아져 가는 아저씨를 보면서 빨리 그 누런 빈 통을 채울 수 있었으면 좋겠다고 생각했다.

_2010년 11월 15일

쓰레기 수거 아저씨

이희수

야자를 마치고 집에 갈 때면
날마다 듣는 소리가 있다.
'드르륵 드르륵'
노란색 네모난 통을 여기저기 끌고 다니며
쓰레기 수거하는 아저씨.
오가는 사람도 없이
조용한 동네에서 혼자 일하는 아저씨를
가로등만이 비춰 준다.
맨날 그냥 지나치다가
뭐라도 해 드리고 싶은 마음에
갑자기 추워진 날씨 탓을 하며
따뜻한 캔 커피 하나를 건네드렸다.
더러워진 손을 남색 옷에 쓱쓱 비비며
얼른 받으시고는 학생 참 고맙다고 하신다.
어두운 밤
적막한 우리 동네를 비추는 가로등보다
아저씨 웃음이 더 환하다.

_2010년 11월 15일

짐

정나영

일요일 도서관 가는 길
할머니가
자기 키보다 두 배는 높은 짐을
수레에 싣고 가신다.
어떻게 저런 높은 짐을 싣고 가실까?
할머니의 표정에서
슬픔이 느껴진다.
할머니의 짐 높이가
할머니의 인생 무게를 대신하는 것 같다.

_2010년 11월 15일

폐품 모으는 아이

서보름

야자가 끝나고 어둑어둑해진 밤
집에 가는 길
버스에서 내리면
리어카를 끌고서 폐품을 모으는 사람들
그 속에 유난히 앳돼 보이는 남자아이
눈이 마주쳤다
내 또랜 것 같은데
마음이 가볍지 못하다.

_2010년 11월 15일

눈물

전미혜

동생이 입원을 하였다.
눈물이 흘러나온다.
동생한테 링거를 몇 번이나 찔러도
맞지 못해서이다.

_2010년 11월 15일

우리 동네 풍경

손민희

회색 시멘트 벽에
애기 옷이 걸리고

그 너머로 아줌마
애기 업고 또 넌다.

뿔뿔거리는 어린애들
남자애가 여자앨 쫓고

해바라기하시는 할머니들 눈은
내 발걸음 따라 천천히 움직인다.

평일 낮 동네
우리 동네가 낯설다.

_2010년 11월 18일

신문 배달 아저씨

정서희

동네를 거닐다 보면
시장을 돌아다니다 보면
아파트 엘리베이터를 내려오다 보면
"안녕하세요!"
한쪽 다리는 불편해 보이지만
한쪽 소매는 혼자서 팔랑거리지만
남은 한쪽 팔로
두툼한 신문 뭉치를 들고
마주치는 사람마다
반갑게 인사하시는 아저씨
그 분의 얼굴엔
내 얼굴에서 찾을 수 없는
웃음, 만족, 행복!
나도 저 행복이 담긴 신문을
한 부 받아 봤으면.

_2010년 11월 22일

양보는 없다

정유진

덜컹거리는 지하철 안
한 팔에는 아기를
또 한 손에는
커다란 짐 보따리를 든 아주머니가
손잡이를 잡지도 못한 채
흔들거리며 서 있다.
그러나
아무도 자리를 양보하지 않았다.

_2010년 11월 22일

아침 등굣길

한유정

버스를 타고 학교 가는 길
버스 창밖으로
폐휴지를 실은 수레를 끄는
할아버지가 보인다.
도로에서 인도로 올라가는
그 낮은 턱에 걸려
수레를 끌어 올리려고 애쓰신다.
이른 아침이라 그런가
힘겨워하시는 할아버지를
도와주는 사람은 아무도 없다.
도와드리고 싶은데
내가 있는 곳은
월요일 아침 붐비는 버스 안이다.

_2010년 11월 22일

고갯길의 리어카

이한슬

고갯길의 리어카에는 폐지가 가득하다.
날마다 똑같은 모습
앞에서 끄는 아줌마와 뒤에서 미는 할머니
어느 순간부터
리어카에는 아줌마 혼자다.
한 사람이 줄어든 만큼 리어카에 폐지도 줄었다.
이제는 둘이 아닌 혼자가 된
유난히 쓸쓸해 보이는 단발머리 아줌마
두 배로 길어 보이는 고갯길을
넘어가신다.

_2010년 11월 22일

짚신 파는 할아버지

정다완

남포동 영화관이 즐비한 곳
근처에 보면 한 할아버지가 있다.
머리는 거의 다 빠지고 낡은 모자를 쓰신
얼굴은 가무잡잡한데
턱밑까지 내려오는 흰 수염
할아버지는 내가 초등학교 때부터 봐 오던
그 모습 그대로 앉아 계신다.
아주 작은 짚신을 앞에 놔두신 채로
가만히 앉아 계신 할아버지
볼 때마다 안쓰럽다.

_2010년 11월 22일

한숨

김보현

붉은 몸뻬에
검은색 낡은 천지갑을 들고 계신
할머니 뒤로
진주 목걸이에 호화스럽게 입은
한 아주머니가 선다.
버스가 정차하자
느릿느릿 힘겹게 내리시는 할머니
아주머니가 날카롭게 소리친다.
"다리는 이래가꼬 버스는 왜 타신대요?"
옆으로 내려도 되는데
굳이 할머니 뒤에 서서 말한다.
할머니는 죄송하다며 머리를 숙이시고
아주머니는 째려보다가 제 갈 길 간다.
그제서야 할머니는
정류소 의자에 앉아 한숨을 내쉰다.

_2010년 11월 22일

대포

윤선양

모의고사 마치고 일찍 집에 간다.
버스를 타니 긴급 뉴스가 나온다.

전쟁 났나? 하고 친구에게 물으니
뉴스 내용을 담은 문자를 보여 준다.

집에 와서 다시 뉴스를 보니
갓 해병대에 들어간 이병과
제대를 앞둔 병장이 전사했다고 한다.

도덕 시간에 배우는 통일에 관한 건
지금 아무 쓸모도 없다.
도대체 얼마나 더 많은 청년들이
쓰러져야 하는가.

_2010년 11월 23일

아저씨

이희수

우리 집 바로 옆에는
동네 사람들과 툭하면 싸우는 아저씨가 산다.
집안의 반대로 힘든 결혼을 한 아내는
몇 년 전 암에 걸려 죽고
그 아내를 쏙 빼닮은 세 딸
아버지가 싫어 집에 안 들어오니
팔자 한번 기구하다고 하루에도 수십 번씩
동네 아줌마들 입방아에 오르내리는 아저씨

깎지 않은 수염, 새까만 얼굴, 허름한 옷
가끔 옆집을 향해 고개를 돌리면 보이는 아저씨
안개 낀 눈동자로 저 멀리 바다만 바라본다.
그러다 눈이 마주치면
허리를 숙이고 인사하는 나를 보며
옅게 웃으시던 아저씨

겨울이 오고
밤 열 시가 다 된 시각
느릿느릿 걸어오는 나를 보고

아저씨는 우리 집 대문 앞에서
머뭇머뭇 홍시 두 개를 건네셨다.
우리 동네 아줌마들에게 토해 내고 싶은 말 때문에
내 목이 간지러운 밤이었다.

_2010년 11월 24일

수정시장에서

정보미

커다란 고급 승용차가
좁다란 수정시장 골목으로 들어온다.
과일 파시던 할머니가 놀라서 허둥지둥하시는데
그 승용차는 신경도 쓰지 않고 밀고 들어온다.
과일들은 길바닥에 흩어지고
할머니는 승용차를 두드린다.
승용차에서 할머니 아들뻘 되는 아저씨가 내려서는
할머니 멱살을 잡고 흔들면서
"왜 이런 데서 장사해!"
할머니는 거품을 물고 소리쳤지만
그 뒤 경찰서에선
경찰들이 웃으며 그 장면을 보고만 있었다.

_2010년 11월 24일

할머니와 여고생

조수현

야자가 끝난 뒤에
버스를 타고 집에 가고 있었다.
조용하던 버스 안이 갑자기 시끄러워졌다.
"치마가 그리 짧아서 되나?"
"뭐야? 무슨 상관이야."
걱정스레 내뱉은 할머니 말이
비웃음으로 돌아왔다.
싸움은 점점 커져 갔지만
말리는 사람 하나 없고
버스가 정류장에서 멈추자
할머니는 쓸쓸하게 내리셨다.

_2010년 11월 24일

버스 정류장에서

이슬비

친구들과 햄버거를 먹고 나와
버스 정류장을 지나가고 있었다.
"학생들아, 여기 81번 오나 어쩌나?"
"2분 뒤에 온다는대요."
우린 그렇게 가려고 했지만
할머니가 이고 계신 짐이
무거워 보여서 같이 내려 드렸다.
고맙다고 하시고 돈을 바꾸러 가셨다.
우린 짐을 다시 들어 봤다.
넷이서도 무거운 짐
버스가 오고 할머니가 짐을 이려고 하실 때
우리가 버스 안까지 들어다 드렸다.
팔은 저렸지만 마음은 뿌듯했다.

_2010년 11월 24일

노약자

김해인

자리 많은 버스 타려다가
결국 만차를 탔다.
머리도 아프고 코도 막히고
다리도 후들거리는데
막 내릴 준비를 하는
아저씨가 보였다.
엉기적엉기적 걸음을 옮겨서
아저씨 앞에 섰다.
휴! 이제 앉을 수 있겠다.
코가 뻥 뚫릴 것 같았는데
어디서 라이벌 등장
늙어 보이지도 않고
화려하기까지 한 할머니
너무도 당연하게
아직 따뜻한 그 자리에 앉았다.
지금은 내가 약잔데…….

_2010년 11월 24일

청소부 아저씨

이눈비

때 묻은 옷을 입고
휠체어를 몰고
오늘 아침도 일찍 나오셨다.
젊었을 때 무슨 사고를 당하셨는지
십 년 넘게 휠체어를 타면서
우리 동네를 누비시는 아저씨
위태위태하고 금방이라도 엎어질 것 같은
휠체어에서 내려서는
또 묵묵하게 쓰레기를 정리하신다.
보통 사람도 하기 힘든 일을
두 다리를 쓰지 못하는데도
뭐가 그리 즐거우신지
해맑게 웃으면서 쓰레기를 치우신다.

_2010년 11월 24일

외국인 아저씨

임이진

친구들과 남포동에 놀러 갔다.
길거리에서 작은 판에 액세서리를 팔고 있는
외국인이 있었다.
"우리 이거 살래?"
가격을 물으면 서툰 한국말로
"사천 원, 사천 원"
하면서 우리 표정을 살핀다.
왠지 안 살 거 같으니까
"싸게 싸게"
하면서 값을 깎아 준다.

_2010년 11월 24일

학교 가기 싫어요

조효경

어느 날 텔레비전에서 본 초등 3학년 지윤이
지윤이는 학교 가기가 싫다고 한다.
왜냐고 물어보니 친구가 없어서 그렇단다.
왜 친구가 없을까? 하고 또 물어보니
잘 모르겠다고 대답한다.
지윤이는 엄마가 중국 사람이다.
친구들은 지윤이를 중국산이라 놀려 댄다.
지윤이는 김치를 좋아하고 한국에서 태어났다.
한국에서 자라고 배우고 살아간다.
그런데도 친구들은 지윤이가 중국산이라고
친구가 되어 주지 않는다.
지윤이의 배경이 아닌
지윤이 자체를 바라봐 주었으면 좋겠다.

_2010년 11월 24일

개별반

안세영

아침에 등교하면서 계단을 오르는데
요란한 소리가 난다.
2학년 3학년 언니들인 줄 알았는데
알고 보니 개발반 아이들이다.
제각기 다른 표정으로
제각기 다른 행동으로
똑같은 계단을 오르는데
옆에서 지켜보는 다른 아이들은
피식피식 웃고
심지어는 따라 하기까지 한다.
개별반이라는 이름이 붙어도
다 똑같은 경남여고 학생인데
겉모습은 조금씩 달라도
다 똑같은 경남여고 학생인데.

_2010년 11월 24일

창 너머 시선

조유리

봉사 활동 하고 집에 가는 길에
너무 추워 잠깐 들어간 테이크아웃 커피점

따뜻한 라떼를 시키고 기다리는데
창밖에 우두커니 선 또래 아이

겨울이 오고 있는데도
낡은 반팔을 입고 있다.

그 아이는
김이 나는 커피를 마시는 사람이 부러운 듯
바라보다가 나와 눈이 마주쳤다.

도둑질하다가 들킨 듯이 놀라더니
달아나는 뒷모습에
라떼를 손에 들고도
여전히 추웠다.

_2010년 11월 24일

과일집 아저씨

강연주

감기에 걸려
병원에 다녀오는 길

과일가게에 들렀다.
"아저씨 딸기 좀 주세요."
아저씨는 비닐봉지에 딸기를 담으면서
학교에 왜 안 갔냐고 묻는다.
"아파서요."
아저씨는 딸기 담은 봉지에
방울토마토를 조금 넣어 주신다.

_2010년 11월 25일

할머니의 한 걸음

강예원

할머니 심부름으로
콩나물 사러 가는 길

할머니 한 분이
한 손엔 지팡이를 쥐고
한 손은 뒷짐을 지고
힘겨운 걸음을 떼신다.
지팡이를 잡은 할머니 손과 팔이 떨린다.

콩나물을 사서 돌아오는 길
할머니는 아직도 그 자리에서
한 손으로 옆에 자동차를 잡고는
허리를 펴 본다.
애써 펴 보시지만 구부정한 허리는 그대로다.

_2010년 11월 25일

만물상

이지원

내가 꼬마였을 때
할머니가
"소다 좀 사 온나." 하시면
나는 쪼르르 달려가
"할아버지, 소다 두 봉지 주세요." 하고는
이것저것 구경하며 즐거워했다.

지금은 무심하게 지나치는 그곳
굳게 닫힌 철문 사이로
먼지가 수북이 쌓여 있는
우리 동네 만물상

_2010년 11월 25일

도로 위의 고양이

황윤희

집으로 가는 길
버스를 기다리고 있는데
길 가운데 하얀 무언가가
힘없이 축 늘어져 있다.
자세히 보니 하얀 고양이가
죽어 있었다.
차가 지나갈 때마다
앞발이 짓밟혀 몸이 흔들거린다.
저러다 몸이 전부 짓밟히는 건 아닐까
걱정하는 찰나에
커다란 버스가
고양이 위를 그대로 지나가 버린다.
누구 하나 멈추는 이 없이
매정하게 짓밟고 간다.

_2010년 11월 25일

앞집 강아지

조효경

앞집에서 강아지를 키우기 시작했다.
얼마나 활발한지 볼 때마다 뛰어다닌다.
아침 여섯 시만 되면 짖는다.
학교 가는 나를 보고도 짖는다.
그런데 주인은 강아지를 때린다.
똥 쌌다고 때리고 반가워한다고 때린다.

비 오는 날
강아지는 혼자다.
누구도 강아지를 위해 문을 열어 주지 않는다.
강아지는 목줄에 묶여 마당에서 비를 맞는다.

이제 강아지는 주인을 피한다.
짖지도 않고 처음처럼 뛰지도 않는다.
날 보면 그저 눈만 꿈벅거린다.
그 눈을 보고 잊자면
괜히 사람이 싫어진다.

_2010년 5월 26일

아이들 시에 담긴 진실

구자행

올해 우리는 봄에 한 번, 가을에 한 번, 두 번 시 쓰기를 했지. 봄에는 '누구도 흉내 낼 수 없는 불평'을 썼고, 가을에는 '불쌍한 이웃'을 가지고 썼잖아. 시를 쓰고, 우리가 쓴 시를 맛보는 시간이 참 좋았어. 소중한 시간이었다고 생각해. 친구들이 쓴 시를 숨죽이고 들어 주는 모습도 아름다웠고, 듣고 나서 자기 마음에 딱 와 닿는 시를 고르고 그 시 어디가 좋았는지 말하면서 서로의 마음을 헤아릴 수 있어 좋았다고 생각해.

3학년 교실에서도 너희들 시가 인기였지. 내일모레가 수능시험인데 1학년들 시 읽어 달라고 조르잖아. 그럼 난 못 이기는 척하고 한 편씩 읽어 주곤 했지. 하루하루 다가오는 시험 압박감을 풀어 주는 데도 시가 그만이었던가 봐. 너희들이 쓴 시를 듣고는, '그래 나도 그랬지.' 하면서 공감했거든.

시 쓰기는 참 좋은 공부야. 바람에 물결이 일듯, 나뭇잎이 살랑이듯, 한순간 일렁이는 마음결을 붙잡아서 담아내는 것이 시야. 그냥 흘려보내고 나면 묻혀 버리고 말지만 이렇게 시로 마음의 결을 붙잡아 놓으면 두고두고 볼 수 있어 좋아. 세월이 한참 흐른 뒤에라도 꺼내 볼 수 있을 거야.

누구도 흉내 낼 수 없는 멋진 불평

나는 불평이 참 좋은 자기표현이라고 생각해. 시도 때도 없이 불평만 늘어놓으면 보기 흉할 테지만, 그 누구도 흉내 낼 수 없는 자기만의 멋진 불평 한마디는 아름다운 시가 될 수 있거든. 아름답다는 것은 예술이라는 말이지. 이 세상에 불평불만이 없는 사람이 있을까. 너희들이 불평을 할 때는 다 그럴 만한 이유가 있다고 봐. 아이들의 정당한 논리가 어른들의 억압으로 묵살당할 때 불평이 나오는 거지. 그것을 '아! 짜증난다'는 식으로 표현하는 것하고 '기절했다 깬 것 같다'고 말하는 것은 다르다고 봐. 민조는 불평을 이렇게 멋지게 했지.

야자를 마치고 집에 와서 씻고 누웠다.
잠시 눈 한 번 감았다가 떴는데 아침이다.
기절했다 깬 것 같다.

누구도 흉내 낼 수 없는 불평이지. 오로지 민조만이 할 수 있는 불평이야. 그렇지만 이렇게 표현해 놓고 나면 '정말 그래!' 싶은 마음이 들잖아. 누구나 공감하게 되잖아. 이게 바로 시야. 야간 자습까지 마치고 집에 와서 잠시 눈 한 번 감았다가 떴는데 아침이야. 참 미칠 노릇이지. 그런데 답답한 그 심정을 '기절했다 깬 것 같다'고 표현하니, 불평이 아니라 아름다운 시가 되어 피어나잖아. 참 신기하지.

선생님이나 부모님, 친구들 앞에서 말할 때는 아무래도 가식이 조금씩 들어가게 마련이야. 그런데 길 가다가 혼자서 하는 말, 속으로 삼켰던 말, 선생님이나 부모님 앞이라서 차마 내뱉지 못했던 불평, 화가 났을 때 하고 싶었던 말, 이런 것이 오히려 진실에 가깝다고 봐. 시는 진실을 표현하는 거야. 감추거나 속이지 말고 거침없이 당당하게 말하고 나면 속이 다 시원해지는 느낌이잖아. 승은이가 쓴 시 〈어쩌라고〉를 같이 읽어 보자.

어른들과 얘기할 때 눈 보고 얘기하기
자신의 의견 분명히 밝히기
하지만 이런 건 학교에선 아무 소용 없다.
눈 보고 얘기하라길래 눈 보고 얘기하면
뭐가 떳떳하냐고 머라칸다.
선생님 말이 사실이 아니라서
내 의견을 말하면
교사 지도 불응을 들먹이며 -5점을 준다.

도대체 우리는 어떻게 하란 말인가.

내가 교무실에서 겪은 이야기 하나 할까. 전 학교에 있을 땐데, 종현이가 조퇴하러 내려왔어. 담임 선생님한테 머리가 아파 조퇴하고 싶다고 하니 선생님이 뭐랬는 줄 아니? 대뜸 한다는 말이 글쎄 "왜 아픈데?" 그러는 거야. 그러니 종현이가 아무 말 못 하고 서 있더라. 끝내 종현이는 조퇴 못 하고 말았지 아마.

어때, 승은이가 쓴 시를 읽어 보면, 조금은 속이 시원해지는 느낌이 들지 않아. '도대체 우리는 어쩌라고!' 이렇게 말해 놓고 나니 그래도 좀 시원하잖아. 종현이도 시로 썼더라면 어떻게 썼을까. '왜 아퍼? 아픈 데도 특별한 이유가 있어야 하나? 분명히 난 아침에 일어났을 때부터 아팠는데. 그게 다인데.' 선생님 앞에서야 이렇게 말 못 하지. '맞고 싶어 죽겠으니 제발 좀 때려 주세요.' 하는 말밖에 안 되잖아.

그리고 내가 시 쓰기 할 때 그랬지. 시를 쓸 때, 이 말을 하면 친구들이 재미있어 하겠지, 하는 얄팍한 마음은 금물이라고. 왜 그런고 하니, 재미있게 쓰려고 하다 보면 시가 싱거워. 뭔가 빠진 듯하지. 그렇잖아, 억지로 웃기려고 들면 보는 사람 마음이 참 되지. 시는 절실한 마음을 담아 써야 읽는 사람이 '참 그렇구나!' 하고 고개를 끄덕이게 되지.

자세하게 보는 눈

글을 쓸 때고 시를 쓸 때고 자세히 쓰는 게 중요해. 글을 왜 자세하게 써야 할까? 자세하게 쓰려면 먼저 자세하게 보아야 하지. 특히 시를 쓸 때는 마음이 쏠리는 대상이나 부분을 놓치지 말고 자세히 살피는 눈을 가져야 하거든. 자세하게 보게 되면 자기도 모르게 그 대상에 마음이 다가가게 돼. 사랑의 눈으로 보게 되는 거지. 대상에 마음이 머물면서 자기만의 느낌이 일게 되고, 비로소 대상과 하나가 되는 거야. 송경이가 쓴 시 〈육교 위의 할미꽃〉을 같이 보자.

육교 끄트머리
밤할머니
연탄불을 지펴서
밤을 팔고 계신다.
다 구운 밤은 쌓여만 가는데
지나가는 사람들은
육교 위 매서운 바람처럼
지나쳐 간다.

할머니는 꽁꽁 몸을 감싸지만
쭈글쭈글 밤물 들은 손은
바람에 힘겹게 맞선다.
밤 2000원어치를 사면

노오란 봉투에
가득 담아 준다.
깐 지 오래되어서 딱딱하고
껍질이 다 까지지도 않았지만
이 밤 한 봉지가
할머니의 마음을 녹여 줄 것도 같다.

'육교 위'가 아니고 '육교 끄트머리'라 했고, 그냥 군밤이 아니라 '연탄불을 지펴서'라 했고, 다 구운 밤은 쌓여만 가는데 지나가는 사람들은 찬바람처럼 지나치고, 밤물이 든 할머니의 쭈글쭈글한 손은 바람에 힘겹게 맞선다고 했지. 시를 읽어 내려갈수록 송경이 마음이 할머니에게 다가가고 있다는 걸 느낄 수 있어. 깐 지 오래되어 딱딱하고, 껍질이 다 까지지도 않은 밤이지만, 이 밤 한 봉지가 할머니 마음을 녹여 줄 것도 같다고 하는 곳에서는 할머니를 생각하는 애틋함이 묻어나지. 그래서 송경이가 제목을 '육교 위의 할머니'가 아니라 '육교 위의 할미꽃'이라고 붙였지 싶어.

모르긴 해도, 마더 테레사 수녀님 같은 분도 날 때부터 가슴속에 커다란 사랑을 지니고 계시지는 않았을 거야. 처음에는 작은 씨앗이었을 거야. 씨앗을 심는 게 소중하다고 봐. 내 나이 되면 이제 가슴이 딱딱해서 씨앗을 심어도 자라지 않아. 너희들 가슴은 흙이 보드라워서 씨앗을 심기만 하면 잘 자라거든. 아름드리 느티나무도 처음에는 조그만 떡잎부터 시작했어. 나는 가난한 이웃에 대한 관심이 씨앗이라고 생각해. 이 씨앗이 얼마만큼 자랄지, 어떤 모습으로 자랄지는 아무도 몰라.

그리고 또 시를 쓸 때는 입말로 써야 한다고도 했지. 난 글말투로 된 시를 읽으면 마치 마음을 한 번 포장해서 담은 것 같아서 왠지 거북해. 소라가 쓴 시 〈잔파 2000원어치〉를 보자.

우리 집 바로 앞에는
상추, 깻잎, 오이, 채소를 파는
할머니가 계신다.
할머니는 얼굴에 수건을 두르고
몸에는 잠바 하나를 걸치고
하얀 고무신을 신고
작은 의자에 움츠려 앉아 계신다.
"할머니, 잔파 2000원어치 주세요."
"아이고 고마워라."
할머니는 시들시들해진 잔파를
검은 봉지에 담으시고는 웃으신다.
잔파 2000원어치에.

소라가 처음 시를 쓸 때는 이렇게 썼지. "우리 집 바로 앞에는 / 상추, 깻잎 등 각종 채소를 파는 / 할머니가 계신다." 그런데 잘 생각해 봐. 우리가 친구한테 얘기할 때 '상추, 깻잎 등 각종 채소를 파는' 이렇게 말하지는 않잖아. 이건 글말투야.

이런 글말투로는 살아 움직이는 마음결을 붙잡아 낼 수가 없어.

시에 담긴 진실한 마음

나는 너희가 시를 이렇게 잘 쓸 줄 몰랐어. 수업이 없는 쉬는 시간에 너희들이 쓴 시를 읽고 또 읽곤 하지. 그리고 시에 대한 평을 쓰기도 해. 그러면서 너희와 소통하지. 내가 너희들 시를 가장 좋아하는 애독자인 셈이지. 내가 쓴 시평 하나만 소개해 볼게. 윤경이가 쓴 시를 읽고 쓴 거야. 들어 봐.

무의미한 시간들

8교시 쉬는 시간
책을 들고 필통을 챙겨
이동 보충수업 들으러 1학년 1반 교실로 간다.
선생님을 피하려고 맨 뒷자리를 차지했다.

수업 종이 치고 선생님이 들어오신다.
책을 펴고 연필을 잡고 수업을 듣다가
나도 모르게 창밖을 멍하니 내다보고 있다.

창밖에, 건물 사이에 끼어 있는

작은 바다가 보인다.
바다 위엔 배 한 척이 지나가고 있다.

내가 느끼지도 못하는 사이에
이렇게 나의 아까운 시간들도
지나가고 있구나.

아이들이 공부에 짓눌려 하루하루 산다. 이미 몸과 정신이 모두 지칠 대로 지쳤다. 그렇지만 어쩔 수 없이 또 늘 하던 대로 책과 연필을 챙겨 공부하는 시늉이라도 내야 한다. 이 시를 쓴 윤경이는 창가 맨 뒷자리에 자리를 잡았다. 5층 교실에서 내려다보면 높은 건물 사이에 부산 앞바다가 얼핏 보인다. 바다 위를 지나가는 배 한 척을 보면서 문득 자신의 모습을 보게 되었다. 내가 모르는 사이에 저 배가 저렇게 흘러가듯이, 아까운 내 시간들도 아무런 의미 없이 지나가고 있다는 것을 느꼈다. 이렇게 잠시 한순간이나마 자기를 관찰할 수 있으면 좋으련만. 아이들 대부분은 그것조차 못 하고 산다. 설령 순간순간 해 본다고 하더라도 그 생각조차 점수와 등수에 묻혀 버리고 말겠지.

나는 너희들 시를 읽을 때 표현이나 기교보다는 시 속에 담긴 진실한 마음을 읽으려고 애를 써. 너희들이 쓴 시에는 어른들이 도저히 따라할 수 없는 너희들만의 발상이 있다고 믿거든. 나는 이게 너희들 시의 생명이라고 생각해. 머리로 지어

낸 관념의 세계도 아니고, 일부러 어린애인 척 흉내나 내는 동시 같은 것과는 아주 다른 거지. 너희가 살아가는 현실과 나날이 실제로 겪는 일과 그 순간의 마음을 있는 그대로 담아내는 것, 나는 이것이야말로 참된 삶의 길이고 인간의 길이라고 굳게 믿어.

기절했다 깬 것 같다

경남여고 1학년 학생들이 쓴 시

1판 1쇄 발행일 2011년 8월 5일
개정판 1쇄 발행일 2012년 3월 26일
개정판 4쇄 발행일 2021년 3월 29일

엮은이 구자행

발행인 김학원
발행처 (주)휴머니스트출판그룹
출판등록 제313-2007-000007호(2007년 1월 5일)
주소 (03991) 서울시 마포구 동교로23길 76(연남동)
전화 02-335-4422 **팩스** 02-334-3427
저자·독자 서비스 humanist@humanistbooks.com
홈페이지 www.humanistbooks.com
유튜브 youtube.com/user/humanistma **포스트** post.naver.com/hmcv
페이스북 facebook.com/hmcv2001 **인스타그램** @humanist_insta

편집책임 문성환 **편집** 김사라 **디자인** 유주현 김수연 **일러스트** 김다정
용지 화인페이퍼 **인쇄** 청아디앤피 **제본** 정민문화사

ISBN 978-89-5862-458-5 43810